感动系列

圣诞节的巡逻兵

——感动小学生的 100 个兄弟姐妹

◎总 主 编：刘海涛

◎主 　编：滕 刚

九州出版社
JIUZHOUPRESS　全国百佳图书出版单位

图书在版编目(CIP)数据

圣诞节的巡逻兵:感动小学生的 100 个兄弟姐妹/滕刚

主编. -北京:九州出版社,2006.6(2021.7 重印)

("读·品·悟"感动亲情系列. 第 2 辑/刘海涛主编)

ISBN 978-7-80195-485-5

Ⅰ.圣…　Ⅱ.滕…　Ⅲ.散文-作品集-世界

Ⅳ.I16

中国版本图书馆 CIP 数据核字(2006)第 058697 号

圣诞节的巡逻兵:感动小学生的 100 个兄弟姐妹

作　　者	刘海涛(总主编)　滕　刚(主编)
出版发行	九州出版社
地　　址	北京市西城区阜外大街甲 35 号(100037)
发行电话	(010)68992190/2/3/5/6
网　　址	www.jiuzhoupress.com
电子信箱	jiuzhou@jiuzhoupress.com
印　　刷	北京一鑫印务有限责任公司
开　　本	787 毫米×960 毫米　16 开
印　　张	11.5
字　　数	320 千字
版　　次	2006 年 6 月第 1 版
印　　次	2021 年 7 月第 3 次印刷
书　　号	ISBN 978-7-80195-485-5
定　　价	32.00 元

目 录

兄弟是两粒盐

手 足 情 深

姐姐,我在你的梦里唱支歌

兄弟是两粒盐

圣诞节的巡逻兵

　　轻轻的吉他声伴我深深的思念/出外去奋斗是否想念弟弟我/嘈杂的虫叫声伴我绵绵的挂念/在外当兵的你是否烦恼过天气

　　冷冷的空气中有我无奈的寂寞/人群中穿梭是否想念哥哥我/凄清的夜风里有我颤抖的心情/故乡孤独的你是否烦恼过天气

　　在那里可以寻到这份情/只有你帮我突破困难问题/虽然你暂时不得已分离/别忘记手足情深的亲兄弟

在感到悲伤、绝望的时候，兄妹俩紧紧地拥抱着，贴着身体取暖，每个人心里首先想到的是对方的苦难。

捉 迷 藏

● 文/[罗马尼亚] 弗拉胡查

他们俩年龄很小：德茹斯基诺十岁，罗札立巴七岁——这是两个穷孩子、孤儿、外国人。

他们的父亲以拉手风琴沿街乞讨为生。父子三人就这样从佛罗伦萨来到这儿的。

德茹斯基诺当时才七岁，他会跳舞，又能灵巧地折腰，还会套环子。可罗札立巴只会笑，合着手风琴的拍子鼓掌……父亲常常酗酒，酒后就大发脾气——是的，父亲一喝了酒脾气就坏极了。傍晚，要是他一个钱也没剩，孩子们就得挨饿，可是他们却不敢哭，一哭就会惹得父亲发火，他们就会挨一顿痛打的。父亲因为酗酒……死了。有个老头，他恨父亲，因为父亲死了，想从孩子手中抢走手风琴，孩子哭得非常伤心，结果老头把手风琴给他们留下了，以后他们就走了，再也没有回来。现在他们住在一个老太婆家里——住在很远很远的城边上。整天拿着手风琴到处流浪，深夜才带着面包和一点钱回家。

这些事情是德茹斯基诺非常天真地、动人地、用极不熟练的罗马尼亚话讲给我听的。我常常碰到这两个可怜的孩子。男孩穿着一件褪了色的、又肥又大的礼服，礼服的口袋全都撕破了，他吃力地背着手风琴。他身后跟随着一个小女孩，她穿着一件破布做的短裙，脖子上围着一条旧的毛围巾。这是哥哥怕她伤风，每天早晨，把围巾在她脖子上缠两圈，然后在胸前一交叉，绕到背后整整齐齐地打一个结。他们穿着破衣烂衫无精打采地在街上徘徊——哥哥在前，妹妹跟在哥哥身后，吃力地挪动着那穿着一双过大过重的鞋子的两只脚，鞋子的里外粘满城边的稀泥。

他们走到十字路口，就停下来休息一下。德茹斯基诺身子向旁边一歪，小心地取下手风琴放在马路上，两个人就紧紧地挨着坐在人行道边上，有时候他们情不自禁地流露出惊慌的神色，盯着自己的破衣裳。他们想着一些什么心事，所以他们多半是默默无言。有时候，兄妹俩又同时凝视着长空。在天气晴朗的时候，他们觉得有谁在他们身边——就像是慈爱的母亲在抚爱着他们。他们带着忧郁的苦笑，伸长脖子晒着太阳。他们那没有洗过的、由于过早的衰老而变得苍白的小脸上，有着一双深陷在窄小额头下面的无神的眼睛，一对张开的耳朵；一对高高突出、像蒙古人一样的颧骨；两片又干又大的青紫色的薄嘴唇，看起来真是有些可怜。

秋天一过，天气变坏了。天空总是阴沉沉的，门窗都关严了，人们也变得忧郁起来。

在一个寒冷的阴雨天，他们几乎整天都蜷缩在人家的门洞里，傍晚，他们想再试着去要一次钱。德茹斯基诺想叹气，但是怕罗札立巴看见，所以压下去了。哥哥背起手风琴，于是两个饥饿的、冻得打颤的不幸孩子，顺着寂静无人的湿马路缓慢地向前走去。

他们勉强地拖着同条腿，向夜幕笼罩的寂静城区走去。天很快黑了下来，这时，下着蒙蒙的小雨，天气越来越显得凉了。一阵阵的雨点被冷风吹打在孩子们的脸上，孩子们冻得缩成了一团，将两只冻僵的湿手夹在腋下。

在漆黑的街上，在咖啡馆门口，德茹斯基诺用手风琴拉着《多瑙河的浪花》一曲，他不时倒换着酸痛的冻僵的两只小手，放到嘴上哈气取暖。罗札立巴站在窗下冻得直打哆嗦，向屋内张望。屋内暗淡畏缩的光线，勉强透过蒙着水汽的窗户，街上的黑暗立时就把它吞噬了。一只过于敏感的狗，伸长脖子，抬着头，用它那拖长了的凄惨的吠叫声，在给手风琴伴奏。

德茹斯基诺变换了旋律。罗札立巴鼓起勇气打开门走进咖啡馆。沉闷的热气扑到了她的脸上。赌徒的几张苍白面孔和睁圆的大眼睛,使小姑娘感到很害怕。面孔惨白而胆怯的小姑娘,口里嘟囔着听不清楚的哀告,用眼睛央求着,她向每张小桌伸出小盘,可是没有一个人理她。从街上传来的手风琴的尖锐刺耳的音调,在她的耳鼓里响着,她感到更加凄婉。于是她又开始挨桌子去要钱了。

"走开,走开,什么也没有!"到处都这样粗暴地轰赶着她。

小姑娘失去了一切希望,绝望地垂下了手。她准备离开这里,但是觉得自己的两腿有些发软,她停了下来,又以忧郁惶惑的目光向咖啡馆环视了一周。一个坐在咖啡馆门旁桌子后面的人,有些可怜她,给了她五个小钱。手风琴停下了。小姑娘惶惑地向哥哥走去,在黑暗中将攥着小钱的拳头伸向哥哥,并用微弱的、刚刚能听得见的声音说道:"一共就……五个小钱……"

德茹斯基诺默默地压下叹息,用很大的力量,才把现在对他来说格外显得重的手风琴背到背上。他过去从来没有感觉手风琴像今天这样重。两个人往家走着,在拐角站住了。小女孩到铺子里去买了一个小面包。下着寒冷的小雨,雨一阵比一阵急,一阵比一阵大。孩子们跑到门洞下面去避雨。小女孩把小面包送到嘴边,正想咬,可是她觉得这个小面包实在太小了,于是她把面包递给哥哥,劝他全部吃下去——她说她不饿。德茹斯基诺也赌咒说他一点也不饿,让妹妹来吃。最后,他们将小面包掰成两半,两个人慢慢地咀嚼着,不由得流出了眼泪。

他们全身都湿透了,并且直打冷战。在这个寒冷的、死气沉沉的黑夜里,兄妹俩紧紧地拥抱着,贴着身体取暖。他们嘴里含着咸味的眼泪,咽下了最后一口面包。他们相互拥抱着站了几分钟,觉着饿得难受。他们的太阳穴酸痛,全身所有的关节痛得像玻璃碴子扎着一样。两个幼小的冻僵了的心灵感到痛苦的压抑,仿佛停止了跳动。

淅沥的小雨并没有停止,所以他们不得不离开这里。两个精疲力竭的绝望的孩子,在漆黑的连一个人影也没有的大街上涉水趟泥地慢慢走着。他们的沉重的大鞋呱唧呱唧地响着。德茹斯基诺走在前面,他为妹妹遭受的苦难而苦恼着;后面跟着的罗札立巴,由于无力帮助哥哥拿手风琴而心里难过。

这一整天上帝待他们可太无情了!

由于劳累和饥饿而几乎倒下,由于全身湿透而冷得直哆嗦,他们躺在没有生火的炉子边上一块草席上。两个人贴得紧紧的,盖着一小块满是灰尘的粗麻布,并用嘴哈着气,好使他们冻僵的手指暖和一下。然而雨越下越急,雨点也越来越密。风吹得门窗摇摇摆摆。在这黑暗的房间里,躺在窄床上的老太婆睡得像死人一样,她的鼾声一会儿很响,一会儿又小得像沉闷的雷声。孩子们很久不能入睡。在他们的脑子里,响着手风琴的刺耳的旋律,这种旋律令人感到悲伤、饥饿、死亡和绝望。他们有时打着哆嗦,有时痉挛地蜷缩成一团。每个人思想里考虑的,首先是对方的苦难。他们的命运有多么苦啊!这两个由于困苦的生活而过早衰老的孩子,有多么可怜啊!……

德茹斯基诺和罗札立巴早晨醒来以后,脸上感到了阳光的温暖的爱抚。一道阳光直射向他们的枕头。他们爬起来——由于睡眠,他们的精神变得愉快、饱满、抖擞,怀着极大的希望走出了家门。

的确是一个天高气爽的日子。蔚蓝的天空和美好的暖和的阳光使他们回想起自己的美好的祖国意大利。孩子们正在院子里玩耍。

德茹斯基诺高兴地、蛮有信心地把手风琴取下站在大门口就演奏起来。女仆递给了他三个巴拉。他们变成了幸运儿。买了一个小巴拉的干酪,两个小巴拉的面包,狼吞虎咽地吃起来。他们的眼睛湿润了,并且流露出愉快的光芒,他们感到了生活的希望。

在拐角上,在一块不大的空地上有三四个像他们这样年纪的孩子们在玩耍。

德茹斯基诺和罗札立巴立刻感到自己是在朋友中间,虽然他们是第一次见到这些孩子。我们先玩什么呢?……大家很快就商量好了。

"捉迷藏!捉迷藏!"大家兴高采烈地叫着、跳着、拍着巴掌,往空中扔着帽子。一个孩子从脖子上取下了围巾。德茹斯基诺把手风琴放在一边,大家给他蒙上了眼睛。罗札立巴望着哥哥,乐得发呆了。饥饿、寒冷——昨天的一切痛苦早就全都忘到九霄云外了。这时,他们既不是穷孩子和孤儿,也不是异乡人。他们是幸福的孩子。

我穿过那条大街,心里在想着自己的失意和悲伤,突然感到有一双瘦小的手从身后抓住了我,而且听到一个孩子的声音兴奋地喊叫起来:"抓住了!"但是喊叫的这个孩子立刻发觉,抓住的是一个比预料中大得多的东西,于是他便用手去拉蒙在眼睛上的围巾,想从眼睛上把它拉下来。这时候其他的孩子都围上来,一面笑一面嚷道:"别拉下来,别拉下来!……"

我站在那儿一直看到他们玩完。然后我跟德茹斯基诺和罗札立巴一起,缓慢地向前走去。一路上,这个男孩非常天真地、动人地、用极不熟练的罗马尼亚话对我诉说了兄妹俩的身世。

雨后的彩虹最美丽

赏析／杨 丹

在那个寒冷的阴雨天,忍受着饥饿、冻得打颤的兄妹俩,靠卖艺仅仅赚到了五个小钱。在感到悲伤、绝望的时候,兄妹俩紧紧地拥抱着,贴着身体取暖,每个人心里首先想到的是对方的苦难。

而当第二天温暖的阳光射向他们的时候,兄妹俩感到非常愉快,信心百倍,对生活又充满了新的希望。看,他们狼吞虎咽地吃着面包,然后开心地和伙伴们玩着捉迷藏。在每个人成长的过程中难免会遇到挫折,那就让我们乐观地等待明天早上第一缕温暖的阳光吧。

兄弟之间的感情,好像一棵树一样,是血脉相连的,割舍了哪一部分,都会枯萎,只有相互关爱,才会长得更加繁茂。

手足情深

● 文/佚 名

长安城里,有一户人家,父亲带着三个儿子过活。不幸的是,有一天,父亲病重过世。

老大田真拉扯两个兄弟慢慢长大成人。兄弟三人成年后,想到也该各自独立生活了,于是,便商量着分家另过。

三兄弟平日里相互友爱,情同手足,分家的事,大家毫无争议,所有的财产,统统分成三份,每人各得一份。

院子里有一棵多年生的紫荆树却不知该如何分才能公平。三个人你看我,我看你,都没有了主意。大哥田真主动让给两兄弟,两兄弟也谁都不肯独占这棵紫荆树。最后,实在没有主意,兄弟三人只好决定把树从上到下分成三截,每人取一段。这样的分法可谓公平分配,谁都没有意见。说好了,第二天砍树分树。

第二天,一大早,兄长田真提着斧子和锯来到院子里,抬头一看,愣住了——昨天还好好的一棵紫荆树,今天怎么像是要枯死的样子?叶子全都枯萎了,枝条也像被烧过一样,干裂粗糙。

田真连忙去唤两位兄弟,两兄弟随大哥来到院子里一看,也都愣住了。这究竟是怎么回事呢?兄弟三个相对无言,木偶一样愣在那里。

好一会儿,大哥田真忽然拍了拍脑袋,对两兄弟说:

"我想是不是不愿意我们把它砍倒分开?"

两个兄弟也似有所悟地喊道:

"不错！不错！一定是这么回事。"

田真对两兄弟说道：

"两位兄弟，看了这棵紫荆树的变化，难道我们不觉得伤心和惭愧吗?这棵紫荆树在我们家院子里生活了几十年，它亲眼看着我们兄弟三个长大成人。它不愿意把同根生长的根茎、树干和树梢分割开来，所以听了我们砍树的想法便很有灵性地表现出它的伤感,从而也教育我们同母所生的亲兄弟如同手足不可分割。"

三兄弟至此不再想分树的事，连家产也不分了，大家和和气气地生活在一起。紫荆树也奇迹般地恢复了生机，比以前长得更加繁茂。

兄弟如手足

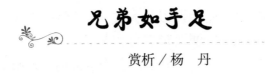

赏析／杨　丹

相亲相爱的三兄弟成年后，公平地将家里的财产分成了三等份，因为他们互相爱着对方，谁都不肯多拿一件东西。但他们却遇到了难题，院子里那棵生长了几十年的紫荆树该怎么分呢？当他们做出决定，要将树分成三截时，紫荆树的叶子突然全都枯萎了，枝条也像被烧过一样，干裂粗糙。

紫荆树好像在对我们说，同根生长的根茎、树干和树梢怎么能分割开来，它们都是大地母亲养育的啊。兄弟之间的感情，好像一棵树一样，是血脉相连的，割舍了哪一部分，都会枯萎，只有相互关爱，才会长得更加繁茂。

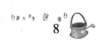

在承受不幸和痛苦的时候，相依相偎的爱的力量也许会让生活出现奇迹。

兄弟是两粒盐

● 文/佚 名

一九九二年，我和弟弟同时考上了北方一所院校。很难想像，在农村，在父亲患脑血栓已有三年，在仅靠继母一人劳动维持生计的情形下是怎样艰难地凑足了两个人的学费。当我从继母手中接过那东家借西家贷的不足四千元的学费时，我的眼里满是泪，不只为这钱，更为了继母一颗善良的心。

父亲说："好好学，不要总惦记家里，我没事儿。"

继母说："只要我活着，就一定要把你们哥俩儿供到大学毕业。"

我和弟弟双双跪在父亲和继母的面前，泣不成声……

在学校，我和弟弟是穿得最朴素的两个，但我们绝无半点自卑，为了维持最基本的生活标准，我们不得不精打细算。除了交给学校的三千五百元之外，我和弟弟只剩五百元了，这是两个人一学期的伙食费。我们只好省吃俭用。二十岁的小伙子，瘦得像夏衍笔下的"芦柴棒"。

幸运的是，开学不久，在老师的帮助下，我和弟弟便找到了两份家教。这对我们，无疑是雪中送炭般及时。晚上六点开始，一直到晚上八点，一人一个月一百元，这样，我和弟弟每月就多了二百元的收入，虽然不多，却让我们哥俩儿着实地高兴了一番。

我们没有自行车，来回都是步行，为了赶时间，我们大多是跑着去跑着回，白天上了一天课，饥肠辘辘的，直到晚上上完辅导回来，我们才简单地吃一口东西。有时候回来得晚了，宿舍楼都熄了灯，门卫的老大爷同情我们的遭遇，每天都给我们留着大门。

那天辅导回来，由于没有路灯，四周显得格外黑暗，弟弟跑一会儿走一会儿，因为只顾着赶跑，不小心绊倒在路旁，脚扭伤了，疼痛难忍，一瘸一拐地往回赶。我和弟弟不在一个宿舍，等第二天我去找弟弟吃早饭时，才看见弟弟脚踝肿起了好高，我赶紧背起弟弟去诊所。趴在我的背上，弟弟紧紧地搂着我，那一刻，我深切地感到我和弟弟已成为彼此生命中的依靠。

休息了两天，第三天弟弟说什么也待不下去了，等闲的日子不适合我们。于是，我到学校旁边的自行车出租点租了一辆自行车，这样，来回能省些力，我也才能放下心来。

劳累了一天，晚上躺在床上，真想一睡不醒，做个好梦，然而，我们梦见的不是运动场上的驰骋，更不是花前月下的浪漫，而是对如何填饱肚子的担忧。

一个学期下来，我和弟弟不仅没饿着，反而到期末时还剩下一百多元钱，弟弟说："给家里邮回五十元吧，让爸爸知道咱们也能挣钱了，让他们买点什么。"看着小我一岁的弟弟那憨厚率直的目光，一种说不出的痛弥漫了我的周身。

最初的劳动带给我们的不仅是物质的补偿，更重要的是它教会了我们怎样去劳动，怎样靠双手维持生存。

临近寒假，我们所找的那两份家教在假期想要让孩子轻松一下，因此辞退了我俩，这意味着我们不仅下学期的学费没有着落，就是填饱肚子也成了一大难题。

当时，一个念头忽然跃入脑海，寒假不回家，在这里打工！

离学校不远，有一条马路，平时总有一些小贩在那里卖菜，虽然工商、税务的管理人员总来撵，但还是屡禁不止，据说挣的还不算少。

我和弟弟也决意充当一下小贩，天还没有亮，我和弟弟带着从附近教师家借来的秤和筐就来到了那条马路，因为乡下的农民每天都赶着车来这里批发菜。第一天，我们买了些土豆和韭菜，瑟瑟发抖地站在那里像其他人一样叫卖,但是,由于我们没有防寒的东西,韭菜不一会儿就冻了,根本没有人来买。

那天,我和弟弟硬是一天没吃饭,我们有个规定:不挣钱决不吃饭。北方的冬天气温可以达到零下三十度,凛冽的西北风也强劲地刮着,使人伸不出手,看着穿着单薄衣服的弟弟,我最终还是没忍住给弟弟买了一个面包。

"男子汉怎能食言?"弟弟虽然说话哆嗦,但语气很坚决。我再给他时,他竟赌气不理我了。那个面包我们谁也没有吃,直到第二天面包发硬,依然放在那里。

第二天,我们把自己铺的褥子拿来,盖在了菜上,这样,菜就冻不坏了。可是刚开始时,我们连秤都不会使,那些相邻的好心人耐心地教我们,并告诉我们,等工商人员来了要赶快跑,不然会把秤没收的。我们哥俩感激地看着这些好心人,说不出一句话。

此时,我才知道,这世上不仅我们一家在忍受着清贫,很多如我们一样的人每天都在为生计奔波着,但他们从不说什么,哪怕一点点的抱怨都没有。在马路上被管理人员追得气喘吁吁的人们,反而解嘲地说:"看咱们谁跑得快。"对生活的乐观,使他们顽强地生活,也使得我们哥俩大受鼓舞。

那天奇冷,因为戴眼镜比较凉,弟弟把近视镜放在衣服的左上兜里,我正在给顾客称菜,忽然,旁边的小贩低声说:"快跑,工商的来了。"我拿起秤就跑,弟弟用手提着筐,由于天冷路滑,一个趔趄摔倒了,菜撒了一地,尤其是眼镜被弟弟重重地压在身下,碎了。他们要把筐没收,弟弟死命地拽着不撒手……此情此景,被猛然回头的我看在眼里,心便如刀割一般疼痛,我大喊着扑过去,"弟弟……"这时,好心的人们也顾不上跑了,纷纷上前说情。弟弟一声不吱,只是挽着筐。好半天,工商人员看着趴倒在地的弟弟,丢下句"下次抓住决不轻饶"走了。

弟弟第一次当着我的面委屈地哭了:"大哥……"那一刻,我顿时觉得肩上多了一种责任,给弟弟擦干眼泪,我说:"别哭,等挣了钱哥再给你配一副好的。"弟弟无助地点了点头,泪又涌出来,那泪水一直将我的心打湿。

春节到了。往年的春节,无论怎样穷,一家四口人都要围在一起包饺子,而如今,却是在异乡。农历三十那天上午卖完菜,我和弟弟回到了学校,学校空无一人,四周已响起了鞭炮的劈啪声。一种无法言语的感伤弥漫心头,我和弟弟手拉手,走在校园的路上,尽量装着高兴一些。我左手拿着一块刚买的猪肘子,对弟弟说:"一会儿咱们就吃饭。"弟弟看着我,点点头,可是,终于忍不住大声哭了起来,扑到我的怀里。想起弟弟和我一样做家教、卖菜,为生活四处奔波,痛楚仿佛在咬噬我的心。空荡荡的校园里,只有两个异乡的孩子在哭泣,分不清是谁的眼泪,只觉得这泪中有委屈,也有思念……

回到宿舍,面对平时难得一吃的饭菜,谁也没有胃口。弟弟坐在我的身边,紧靠着我,那副孤独无援的模样让我想起小时候,弟弟无论受了多么大的委屈都会向我求援的情景。是谁说过,兄弟是两粒盐,是神的恩赐,相依相偎才是生活的滋味。

伸出手,我抱住弟弟的肩头:"弟弟,咱们谁也不许哭,要知道,我们是在学习生存,只要活着,我们就永远不要认输!苦难,能磨炼一个人的意志,许多伟大的人物就是从苦难中走出来的,没有苦难就没有伟大……"弟弟抬起头,擦干泪,坚定地说:"哥,那咱们也开始过年吧。"

"好!"兄弟俩再次紧紧拥抱着。那晚,我们毫无睡意,在异乡守岁,遥祝远方的亲人。

今天,我们都有了自己的工作,也都有了固定的收入,再也不用打工挣钱了,但是,生活不会永远风平浪静,风雨也许还会再来,路途也许还会颠簸,可我们已经学会握紧自己手中的舵,咬紧牙关,度过每一程。这是四年的大学生活所赐予我们的最宝贵的东西。

异乡的年,我记忆中永远的年。

相依相偎的爱

赏析／杨　丹

　　生活的艰苦让"我"和弟弟的大学生活充满了磨难。为了能赚到生活费,兄弟俩给人做家教,总是饿着肚子深夜才能回来。寒假里打工卖菜,却一天没有吃上饭,还弄碎弟弟的眼镜。而兄弟俩因为成为了彼此的依靠,相互鼓励,相互照顾,相依相偎的爱让他们度过了人生最艰难的岁月,拥有了幸福的今天。

　　在承受不幸和痛苦的时候,相依相偎的爱的力量也许会让生活出现奇迹。

圣诞节的巡逻兵

感动系列

今天的小小善举给自己带来了真正的快乐。他认为这个晚上他过得很充实，但同时也太短暂了，给他一种转瞬即逝的感觉。

圣诞节的巡逻兵

●文/[美]塞缪尔·博根　译/李荷卿

　　尽管十三岁的弗兰克·威尔逊收到了他想要的所有礼物，但他实际上并不快乐。这是因为在不久前，他的兄弟斯蒂夫在一场车祸中丧生了。弗兰克非常怀念他们在一起时亲密无间的日子。没有了斯蒂夫，今年的圣诞节还有他想要的所有礼物还有啥意思？

　　弗兰克的心里孤独而难过，他向父母谎称有事得离开一会儿，便走出了家门。外面非常寒冷，弗兰克就穿上了那件崭新的格子花呢夹克。这是他最喜欢的礼物，其他的礼物都被放在他的新雪橇里了。

　　弗兰克径直走了出去，希望能找到他所在的那个少年巡逻队的队长。他是一个非常睿智的少年，住在贫民区的一所公寓里，为了生计，他经常靠打零工接济家里。弗兰克一直觉得他是最理解自己的朋友之一，但遗憾的是，他的朋友不在家。

弗兰克只得悻悻地往回走。在回家的路上，他无意中瞥见许多小房子里的圣诞树和上面悬挂着的装饰品。透过一户人家的窗子，他偶然瞥见在那个破旧的房间里，空空的壁炉上方悬挂着一些瘪瘪的长袜，一位妇女正坐在旁边隐隐啜泣。

那些袜子令他想起了他和他的兄弟每逢圣诞节总把他们的袜子并排挂在一起时的情景。第二天早上，他们就会发现袜子里撑满了礼物，好幸福哦。突然，一个念头在弗兰克脑海里闪过——今天，他要进行一次"爱心行动"，以便让更多的人快乐起来。

于是，在这个冲动的驱使下，他敲响了那位妇女家的门。

妇女把忧郁的目光停留在他那装满礼物的雪橇上，以为他是来募捐的："很抱歉，孩子，我没有食物或者礼物给你，我甚至没有东西送给我的孩子。"

"哦，夫人你误会了，"弗兰克说，"如果你愿意的话，请从这个雪橇上挑选一些你想要送给你的孩子们的礼物。"

"啊，这是真的吗？愿上帝保佑你！"惊愕万分的妇女感激地回答。

她选了一些糖果，一架玩具飞机和一个测验智力的玩具。当她拿起那个崭新的侦察信号灯时，弗兰克差点儿叫出声来。最后，那些袜子都被装得满满的了。"可以告诉我你的名字吗？"当弗兰克转身准备离开的时候，她问道。

"你就叫我'圣诞节的巡逻兵'吧。"他脱口而出道。

在他离开贫民区之前，他把他所有的礼物都送出去了。最后，一个冻得浑身发抖的男孩得到了那件弗兰克最喜欢的格子花呢夹克。

他把他的礼物全部送给了不相干的陌生人。返家途中，弗兰克想不出什么合理的解释用以搪塞父母，他不知道该如何使他们理解自己。这次拜访留在这个少年心中的是一种永恒的感动，一种预想不到的、震撼心灵的喜悦。他明白，在这个世界上，并不是只有他一个人是悲伤的。

圣诞节的巡逻兵

感动系列

15

"你的礼物呢，儿子？"他一走进家门，他的父亲就这样问道。

"都送给别人了。"

"包括苏珊姑姑送给你的那架玩具飞机？祖母送给你的大衣？还有你的信号灯？"父亲的脸立即阴沉下来，"我们以为你很喜欢这些礼物呢。"

"我的确很喜欢，非常喜欢。"弗兰克闪烁其词地回答。

"可是，弗兰克，你怎么会这么冲动呢？"母亲无奈地摊开双手，"我们该如何向那些付出那么多时间和爱心为你选购这些礼物的亲友解释呢？"

父亲态度坚决地说："弗兰克，你这么不懂珍惜，以后我们再也不会给你更多的礼物了。"

他的兄弟走了，父母把所有的感情都给了弗兰克，然而他今天的做法却让他们感到十分失望。没有人能够真正理解他，弗兰克突然觉得非常孤独。他并没有期望他的慷慨会换取任何回报，因此，对自己送出去的那些礼物，他并没有感到太大的失落，今天的小小善举反而给自己带来了真正的快乐。他认为这个晚上他过得很充实，但同时也太短暂了，给他一种转瞬即逝的感觉。弗兰克想着他的兄弟，慢慢地睡着了。

第二天早上，他下楼来，发现他的父母正在收听收音机里播放的圣诞音乐。接着，播音员说：

"祝大家圣诞节快乐！今天早上，我们收到的最美好的圣诞节故事来自贫民区。今日凌晨，那里的一个跛足男孩得到了一只崭新的侦察信号灯，另一个少年得到了一件漂亮的格子花呢夹克，一些家庭说他们的孩子昨晚都很快乐，因为他们从一个自称是'圣诞节的巡逻兵'的十多岁少年那里得到了很多礼物。没有一个人能够认出他，但是贫民区的孩子们都说他一定是圣诞老人派来的使者……"

弗兰克感觉到父亲的胳膊情不自禁地搂紧自己的双肩，同时看见母亲正眼含亮晶晶的泪花对着自己微笑。

"你为什么不告诉我们呢？我们一点也不知道。我们为你感到骄傲,儿子。"圣诞节颂歌再次响起,整个房间里弥漫着悦耳、温馨的美妙音乐声。

与人分享也是一种快乐

赏析／杨　丹

在这个圣诞节到来时,弗兰克·威尔逊并不快乐,虽然收到了想要的所有礼物,但失去了在车祸中丧生的兄弟,他很难过和孤独。他想起了每逢圣诞节,兄弟俩就会发现袜子里撑满了礼物的幸福时刻。但当"爱心行动"让贫民区家庭里的孩子们得到了他们喜欢的礼物时,弗兰克·威尔逊成为了最有爱心的"圣诞节的巡逻兵"。

想想看,当你得到了一件十分喜欢的礼物时,是否愿意和你的伙伴一起分享? 如果你愿意,一定会像弗兰克·威尔逊一样,更加快乐。

一瞬间,他们终于听到了彼此熟悉的心跳,那抑扬顿挫的旋律,仿佛奏响人生的悲欢离合,久久回荡在真情流露的天空。

不能淡漠的亲情

●文/索彩红

从我记事的时候开始,父亲和二叔的关系就一直很僵,他们每次见了面,都是一副冤家路窄的模样,恨不得一口吃掉对方才肯罢休。

那时我非常害怕父亲,父亲发怒的样子很凶,尤其是提起二叔的时候,总是愤怒得浑身颤抖。当时,连母亲也不厌其烦地告诫我说:"记住,千万别去你二叔家里转悠,以免招惹你爹生气,你爹年轻时被他折断了一根手指,现在都还委屈!"我却听不进她的劝告,只要有空闲,就习惯地往二叔家里钻。

二叔没有孩子,虽然他被父母描述成凶神恶煞,可我觉得他一点儿也不凶,起码二叔从没有打骂过我,比起严厉的父亲,二叔骨子里藏着一种不同寻常的亲情。小时候,我们家的日子比较拮据,父母整天蹲在承包地里忙活,家里基本上没有其他收入。就连吃饭也是一成不变的玉米面饼子就咸菜疙瘩,吃腻了也得使劲往下咽。

那几年,二叔算是有点小本事,他执意撇开地里的农活,东跑西颠做些小本生意维持生活。

二叔的生意随季节而改变。那天,二叔满头大汗站在院子里,竹席上晾着很多红褐色的小枣。他叫我放开肚皮尽管吃,我大喜,一阵风似的吃饱了肚子。他又拣了些塞满我的衣袋,然后拍拍我的脑袋说:"把这些带回去慢慢吃吧,千万别吃得太多,会闹肚子的。"

我没有把二叔的话当回事,夜里趁父母睡下后,一个人悄悄地躲在被窝里享受。等到把两小口袋枣子消灭了，我的胃也翻江倒海起来，浑身不舒服。父亲听到了动静，背上我找大夫打了针才好起来。回到家，母亲问明缘由，站在院子里指桑骂槐地叫阵："缺心少肺的歹人，故意下毒折磨我的儿子！"隔着一堵院墙，二叔很容易就能听到母亲的叫骂，他咬着嘴唇没有言语，而且紧紧拽住气急了的二婶。二婶眼眶里的泪急剧地转动，气恼的巴掌毫不留情地甩到二叔脸上。二叔始终没有吱声，二婶眼里的泪却流了出来。

事后，二叔不住地埋怨自己，害得亲侄儿受了委屈。我听了非常内疚，虽然我对父母一再强调二叔并没有那样阴险地对我，可倔强的父母就是不肯相信，还得寸进尺地索要因治病花掉的三十元药费。二叔笑着往我兜里塞了五十元钱，说："剩下的钱买些铅笔和本子吧，可不许乱花啊！"不料当夜，那些钱就被父母没收了，他们的理由很简单，二叔恐怕没安什么好心！

经历了这次意外，本来以为二叔不会允许我再进他的家门，然而他还是以前的样子，每次照样亲热地招呼我。只是再吃东西时，他总是反复洗净了才允许我吃。看着我贪婪的馋相，二叔的眼睛湿润了，常常把我当成他死去的儿子。

稍稍长大了点，我才弄明白父亲和二叔之间的仇恨。他们兄弟俩的性格年轻的时候就格格不入，各自成家后更变得形同陌路。二叔的儿子过满月，没有邀请父亲过去吃酒，其实父亲也根本不想去，但是他觉得自己作为大哥在亲友面前丢了面子。

夜里，二叔的儿子发起了高烧，被急急忙忙送进医院抢救，住院需要六百元钱的押金。当时二叔家底薄，为孩子过满月的费用还是四处转借的，如今深更半夜了，没有地方去借钱，走投无路的二叔只好硬着头皮敲开了我家的门。

结果二叔空手而归。当他费尽周折捧着几百元钱心急火燎地赶到医院时，二婶抱着已经僵硬的孩子哭得背了气。失去理智的二叔扭头去找父亲理论，却为此爆发了一场战争。二叔被抓破了脸，父亲的手指也在两人扭打时折断了，他们兄弟间也因此埋下了仇恨的种子，并且发誓要一辈子对抗下去。

知道了真相，虽然不相信二叔会存心害我，可我对二叔伤害父亲的行为还是耿耿于怀。于是，等到下次二叔喊我时，我便装聋作哑懒得理他。

那段日子，看得出二叔很伤心，有时候他会长时间站在门口看我玩耍的身影。好几次，他张开嘴巴想说些什么，最后都两眼红肿着闷闷地退回屋里。

其实二叔很善良，他拼命干活赚钱。在二叔的意识里，既然已经没有了儿子，以后绝对不能缺钱。现在二叔家的日子富裕了，二婶却因病不能生育。二叔常劝二婶："当年我们没了孩子不能全怪大哥，而大哥断了指头却是我们直接的过错。过去的已经过去了，就让时间去冲淡那些不堪回首的记忆吧！"

有一次，二叔喝醉酒向别人诉苦："其实我很想当面向大哥认错，大大方方地喊他一声'大哥'，因为我们毕竟是亲兄弟呀！"

然而父亲却根本不去理会二叔的忏悔，甚至大动肝火，凶巴巴地将他驱赶出门。

几年下来，二叔的生意红火了，村里许多人都愿意跟着他出去跑生意，就连穷得丁当响的旺叔也跟着发了几笔小财。父亲有些眼馋，便在母亲的怂恿下千方百计地去讨好旺叔。

有一天，父亲破天荒地被旺叔邀请去喝酒。他去的时候拎了不少礼物，旺叔见了挺高兴，大大咧咧地对父亲说："跟着我一起干吧，没有本钱我先给你垫上，等你以后挣了钱再还我。"

父亲抛下农活也学做生意了，进货的时候往往会碰见二叔，不过他们见了面从来不说话。自从父亲开始做生意，二叔的财运就一直不佳，他的那辆破车子也时常遭到破坏。每次二叔不声不响修好车子匆匆忙忙地赶到集市，父亲却故意压低价格出售货品。结果父亲赚了，二叔却赔得一塌糊涂。旺叔见了，便好言劝告父亲："不要把事情做绝了，否则对谁都没有好处。"父亲却恼羞成怒地说："老子就是要争这口气，让他明白做大哥的一直比他强！"

父亲的脾气本来倔强，摆明了就是故意要和二叔过不去。二叔也不去逗能，依旧不慌不忙地打着自己的算盘，钱赚多赚少根本不去理会。而我却因为父亲的缘故，一年中很少再去二叔那儿。有时偶尔见到二叔，他都会痛苦地揪扯自己的头发，好像只有这样，才能消除多年来对父亲的愧疚。

几年后我上了中学，父亲挣的钱本来应付家庭开支绰绰有余，可一旦遇到别的麻烦事，父亲还是会慌神。

父亲尝到了做生意的甜头，很想轰轰烈烈地大赚一把。恰巧那时有一个外地客户要在我们村加设批发点，希望有人合伙投资。父亲合计了一下，认为不能错过这个出人头地的好机会。

于是父亲孤注一掷，用借来的钱凑了三万元偷偷和对方签了约。结果父亲栽了，对方竟是个骗子，骗了钱后逃之夭夭。被骗的父亲一下子耷拉了脑袋，因为这对他来说无疑是个很大的打击，每天都要提心吊胆应付那些上门讨债的人。没办法，父亲愁眉苦脸地去找旺叔帮忙。旺叔起初表现出很为难的样子，后来经不住父亲的苦苦哀求，只好勉强同意想想办法，帮助困境中的父亲渡过难关。

第二天，旺叔亲自找上门来，拿出厚厚的一沓票子，说："这可是我全部的家当啊，先垫上还了那些要紧的债吧！"父亲感动得热泪盈眶，握着旺叔的手一连地喊着"好兄弟"。

日子稍稍安稳了些，父亲不敢大意了，啥事都要旺叔点了头才敢动手。至于旺叔，简直被父亲当成了救命恩人，只要旺叔遇到了什么麻烦，父亲准会第一个挺身而出，干苦力、做家务，想方设法回报旺叔。

几年后，我考上了大学，其间我家无数次得到过旺叔的帮助。大学毕业后，父亲买了贵重的礼物，领着我去拜望的第一个人就是旺叔。因为在父亲的心中，拖欠旺叔的钱至今没有还上，这辈子哪能轻易忘记了旺叔的恩情。

推开门，隐约听见旺叔正和别人闲聊。旺叔说："兄弟，你费尽心思帮助你哥哥这么久了，可他一直蒙在鼓里，还故意刁难你。哎，兄弟,你是我老旺今生最钦佩的人,自己倾家荡产了还这么执著。"顿了顿,另一个声音才响起:"亲兄弟嘛,打了闹了也有一脉亲情在,骨头断了还连着筋哪!再说了,大哥的手指还不是因为兄弟意气用事受的伤,那些钱,算是我做弟弟的一点补偿吧!"

我和父亲这回听清楚了,屋子里的客人竟然是二叔。父亲恍然大悟,一向倔强的他这次没有扭头离开,而是紧拽我的胳膊大步流星地跨过去。父亲红着脸来到二叔面前,努力张大了嘴巴却说不出一句话,只有眼里的泪珠滚落下来,那眼泪无声地诠释了他的悔恨和感激。

二叔激动地握住父亲的手,然后两人热烈地拥抱在一起。一瞬间,他们终于听到了彼此熟悉的心跳,那抑扬顿挫的旋律,仿佛奏响人生的悲欢离合,久久回荡在真情流露的天空。

仇恨终于在父亲的心里融化了,父亲在泪眼婆娑中,似乎明白了一种胜过金钱的东西,那就是人间浓浓的亲情——永远不能淡漠的兄弟亲情。

宽容是一种美丽

赏析/杨 丹

这是一个我们常常听说的帮助别人不留姓名的故事。故事发生在两个亲兄弟之间,他们在年轻时,曾经结下了怨恨。于是,父亲不准"我"去二叔家玩,并且在做生意时,千方百计和二叔作对,让二叔的生意赔得一塌糊涂。多年后,父亲在一次偶然机会,知道了一直帮助他的不是邻居旺叔,而是那个他一直当作仇人的二叔。二叔多年来默默的支持和帮助,化解了父亲心里的仇恨。

宽容像一把火,融化了二叔心里对父亲的怨恨,也融化了父亲对二叔的仇恨。在生活中,对待亲人、同学、朋友多一些宽容吧,这样,再寒冷的冰山也会被融化掉。

因为经历了那场生死劫难后,他们发现只要不屈不挠地努力和永不放弃希望,生命中没有任何困难可以将他们击败!

漂流瓶中一封血信

●文/佚 名

　　二〇〇一年七月二十三日,家住澳大利亚布里斯班的汤普森和妻子斯特娜带着两个养子——十四岁的奥克姆与十一岁的佩奇,喜气洋洋地登上了海洋观光游轮"沙利"号。

　　当天晚上,"沙利"号在离海岸线一百二十海里的地方抛锚休息。半夜时分,一艘小型快艇趁着夜幕悄悄地接近了"沙利"号,尽管快艇的马达装上了消声装置,但轻微的马达声还是吵醒了因为白天玩得过于兴奋而久久难以入睡的奥克姆和佩奇兄弟俩。

　　好奇的奥克姆爬起床,从底舱钻出半个脑袋往外张望,他惊恐地发现有一艘快艇靠近了"沙利"号,船上还站着几个手拿枪支的人。

　　酷爱看冒险小说的奥克姆第一个反应就是遇到海盗了,他赶紧溜下底舱,将刚才看到的一幕告诉了佩奇,两人紧张地商量该怎么办。

　　如果去报告养父养母,必须穿过甲板,这样势必会被海盗发现,而且时间也来不及,兄弟俩决定先躲藏起来再说。

奥克姆和佩奇迅速行动起来,他们首先想到的是大衣柜,但它不能同时藏下两个人。

最后,奥克姆眼睛一亮,他看见了几只硕大的啤酒桶。

在揭开啤酒桶的盖子前,奥克姆好像想起了什么似的,他迅速叠好床上的被子,整理好床单,然后和佩奇躲进了啤酒桶里面。

他们屏住呼吸,一动都不敢动,好在喝酒桶是木制的,缝隙不是很严密,他们藏在里面不会窒息而死。

五个海盗摸上游轮后,首先破坏了船上的通讯系统,然后闯入汤普森和斯特娜居住的船舱,将睡梦中的夫妇俩残忍地杀害了。

接着,几个海盗又下到底舱,他们发现里面空无一人,床铺整整齐齐,不像有人睡过的样子,于是他们开始放心地洗劫游轮,将汤普森和斯特娜夫妇俩携带的所有现金和首饰,以及船上的电视机、收录机、银制餐具等值钱的东西都搜刮一空,搬到快艇上,随后驾驶快艇消失在夜色茫茫的海面上。

直到游轮上再也听不见任何响动。奥克姆和佩奇兄弟俩才小心谨慎地钻出啤酒桶,跑到养父养母居住的船舱,眼前的一幕把他们吓呆了,汤普森和斯特那夫妇的喉咙被割开,躺在血泊中早已断气多时。

目睹惨相,奥克姆和佩奇不由伤心地抱头痛哭起来,直到天亮,他们的情绪才稳定下来,想到应该报警,可由于通讯系统已被海盗捣毁,根本无法与外界联系,两兄弟只能靠参阅《驾驶指南》驾驶游轮无头苍蝇似的航行,行驶了二十多海里后,"沙利"号不幸触礁,慌乱之中,兄弟俩放下救生艇,带上少量食物、饮用水、刀子、防水手表、打火机、报警用的信号发射枪和一只不锈钢锅,以及一本《救生手册》等,开始在海面上漂泊。

很快,他们的手臂都肿胀起来,而海面上连一艘过往船只的影子都看不见,佩奇扔下橡皮桨,开始了绝望的哭泣。

看到弟弟如此伤心,奥克姆也产生了放弃的念头。可是,养父养母惨死的景象又浮现在他的眼前,他知道养父养母是为了帮助他和佩奇克服自卑心理才出海航行的，养父养母尚且如此关爱他们的生命，他们有什么理由不好好怜惜呢?!

他劝慰佩奇止住了哭泣，重新打起精神，两人继续往前划。

不久，奥克姆和佩奇惊喜地发现前面出现了一座小岛，他们于是加快速度朝那里划去。

荒岛求生，兄弟俩自强不息

上岛后不久，两兄弟就吃完了所带的食品和饮用水。起初他们只能靠吃鱼蟹、蛤蜊、海龟蛋过活。后来，通过《救生手册》他们学会了用套子捕杀海鸟、袋獾动物和蛇，并找到了淡水源。

一天，佩奇正在沙滩上捡贝壳，突然他的脚被什么东西硌了一下，挖开沙土一看，他发现了一只金属做的瓶子。他猜测那也许是一只漂流瓶，我们为什么不通过它来传递一封求救信呢?

尽管这种方法过于原始，成功的几率也微乎其微，但总比坐以待毙要好。

因为没有笔，奥克姆咬开自己的食指，然后撕下《救生手册》上一页字迹较少的纸，用食指蘸着鲜血在纸上写了几行字:我们是"沙利"号游轮上的乘员，我们的父母被海盗杀死，我们漂到了一个荒岛上，请速来营救! 二〇〇一年七月三十日九点十一分。

写完后，奥克姆将纸叠好塞进漂流瓶里，然后拧紧盖子，使劲扔到了大海里。

兄弟俩盼望着那只小小的漂流瓶能给他们带来奇迹，因为有了一丝期待，他们的精神比以前活跃多了，他们开始讲故事和笑话以打发无聊的时光……

小小漂流瓶，让兄弟俩奇迹般获救

离奥克姆和佩奇所在的荒岛七十海里远的地方，有另外一艘观光游轮正在行驶,乘员是一对名叫沃特和温泽的夫妇以及他们六岁的宝贝女儿威妮。

这天下午,正在甲板上玩耍的威妮突然发现船侧有一只造型古怪的瓶子在海面上漂流,好奇的她缠着父亲将那只瓶子打捞上来。

拧开瓶盖后,身为海洋生物博士的沃特发现里面有一页写着血字的纸,但因为漂流瓶密封不严渗进了海水,纸上的血字受到了浸渍,非常模糊难认,沃特只能够看出"沙利"和"三十日九点"等几个字。从海水浸渍纸张的程度来判断,他认为这封信应该是近期内装进漂流瓶的。沃特开始根据海流的速度和流向来计算漂流瓶来自何处。

此时是七月三十一日二十点整,如果求救信是七月三十日九点发出的话,按照沃特测量出的每小时1.5海里的海流速度,航行了三十五个小时的漂流瓶来自离游轮大约五十海里远的地方;而根据海流流向,漂流瓶应该来自游轮的东南方。

于是,沃特顾不上夜间休息就驾驶游轮向东南方向开。在开足马力行驶了近两个小时后,沃特在游轮的探照灯光中发现了一座黑黝黝的小岛。

刚刚踏上荒岛的沙滩,沃特就又惊又喜地看见岸上的灌木丛里隐隐约约透出一丝火光……

天 网 恢 恢

奥克姆和佩奇获救后,被立即送往医院,他们除了有一些消化不良外,几乎没有任何问题。

尽管失去了慈爱的养父养母,奥克姆和佩奇又一次成了孤儿,但他们已不再自卑,因为经历了那场生死劫难后,他们发现只要不屈不挠地努力和永不放弃希望,生命中没有任何困难可以将他们击败!

值得兄弟俩欣慰的是,在他们获救三周后,杀害他们养父养母的海盗终于被警方悉数抓获。

学会永远不要放弃

赏析／杨　丹

　　这是个读起来很悲伤的故事，但奥克姆和佩奇兄弟战胜困难的勇气和永不放弃希望的信念是值得大家学习的。可恶的海盗杀害了他们的养父母，抢走了船上所有值钱的东西。兄弟俩靠聪明和勇敢躲过了海盗的搜查，幸运地活了下来。但他们却遇到了更大的难题，两个人怎样才能得到别人的救助？为了生存下去，兄弟俩学会了在海岛上生活的本领。就是因为他们决不放弃的信心，让他们找到了通过漂流瓶求助的办法，兄弟俩得救了。

　　我们在学习和生活中，是不是也经常遇到各种困难呢？那就学会用不怕任何困难的勇气，永不放弃希望的信念来战胜苦难吧。

在人生的岔路口，"哥哥"首先想到的是自己的同胞弟弟，放弃自己的前途，重新面对生活。

哥　哥

● 文/刘汉良

　　三十年前，我出生在冀东的一个小山村。由于家境贫穷，童年的我生活一直很灰暗，疾病与饥饿始终伴随着我的成长。我的哥哥仅比我大一岁，长得和我一样瘦小枯干，穿的和我一样破衣烂衫。可正因为是哥哥，所以他处处疼爱我、照顾我，有好吃的都主动让着我。

　　一九七七年夏天，我们哥俩一块儿到村里的小学读书。在学校我们学习都很努力，成绩也很好，一直是班里数一数二的尖子生。初中毕业后，我和哥哥一同考上了县一中，但哥哥却自愿放弃了到县城读高中的机会，迈进了与初中只有一墙之隔的镇办高中，以便能够腾出时间来帮父母干农活、料理家务。

　　每当周末回家，我们兄弟俩相聚，我都会兴高采烈地向哥哥炫耀自己那并不很优异的学习成绩。哥哥总是微笑着听我讲完，有时拍拍我的肩膀给我鼓劲："继续努力！"然而当我问起他在校的成绩时，他却摇着头很不以为然地说："一般。"

　　高中毕业那年，我和哥哥一同参加了高考。成绩公布后，我勉勉强强地考入了省城的一所高校，成了乡里为数不多的几名大学生之一。但这足足让我风光了一时，亲友们都向我投来了赞许的目光，我也开始飘飘然。而哥哥却懊丧地宣布自己名落孙山，从此回到家里，同父母一起下地种田。第二年，他又独自一人背着行囊到省城打工，挣钱供我上学，并且还要偿还家里前些年欠下的一大笔外债。

哥哥打工的那家私人小厂离我们学校很近，起初他经常去学校看我，顺便给我送生活费。但这却让我很是难堪，因为我不想让同学们知道，那个穿着一身脏兮兮的工作服、头发乱糟糟、脸颊消瘦的年轻人就是我的哥哥。更何况我那时正在追求班里的一个女孩，她的家境颇好，父母都是干部，我对她讲，我的父亲是个乡长，哥哥是乡里的办事员。有一天，我婉转地告诉哥哥以后别再来找我，钱可以通过邮局寄来。哥哥很快就明白了我的意思，以后每隔一段时间，我就会收到附近一家邮局寄来的汇款单。而当室友们问起汇款人是谁时，我就告诉他们是我在省城的一个亲戚。

大学毕业后，我回到了家乡所在的海滨小城，并靠自己的文凭谋了一份颇为清闲的工作，不久又娶了一位科长的女儿为妻。然而哥哥依旧是孤身一人，家境的贫穷掩盖了哥哥的善良！有时我就想：如果哥哥当初也能够努力学习，那么他今天就可能和我一样坐在宽敞明亮的办公室里，住进整洁干净的寓所里，并且还可以娶到一个容貌不错的女子为妻。

去年春节放假，我携妻带子一起回老家过年，见到了哥哥。此时哥哥已经放弃了打工生涯，回到家里安分守己地种地、搞养殖，三十岁刚出头的哥哥看上去很是苍老，原本消瘦的脸颊已满是皱纹。母亲欣喜地告诉我，邻村一个离过婚的女人已经同意嫁给哥哥，条件是要带一个六岁的小女孩过来。我心里顿时一阵难过，哥哥的命真苦，竟落到了这般地步。

春节过后，我和妻要回城里上班。临行的前一天晚上，儿子偷偷溜进了哥哥的房间，想搜寻有没有好玩的乡下东西带回去，向城里的小朋友炫耀。最后他在床底下发现了一个木箱子，由于自己拖不动，便把我也拉进了哥哥的房间，我从床下拖出箱子，犹豫了片刻后打开了，见里面全都是哥哥上学时用过的各种书籍，以及他念高中时得的奖状、三好学生证书等。在箱子最底下有一个塑料包，我打开塑料包，顿时惊呆了——一张鲜红的"大学录取通知书"赫然呈现在我的眼前！

这时我似乎觉得身后有人，猛一回头，见哥哥正木然地站在我身后。内疚、惭愧和感激全都涌上了我的心头，交汇成巨大的洪流，海潮似的冲击着我的身躯。我"扑通"一声跪倒在哥哥面前，泪如雨下……

善良的哥哥，竟不惜放弃到名牌大学就读的机会，而成全了我这个自命不凡的弟弟！

我们都想有一个这样的哥哥

赏析／老　张

每个人的童年都有着不同的回忆。"哥哥"一词在我童年记忆里没有留下丝毫印记。而在这个结构严谨充满悲情和遗憾的文章中，我们看到了作者笔下的"哥哥"让人感动的不仅是一颗爱自己弟弟的心，更重要的是作者能用流畅的笔触表达的游刃有余。通过儿子找到的"大学录取通知书"把文章推向高潮，让我们更加深入的了解了作者的写作功底之深厚，所设情节之巧妙。

读后让人能够感觉到作者对自己年少时的所作所为深深的愧疚之心。同时我们也看到了"哥哥"作为中国农民的代表，有着质朴的心，淳朴、善良、为别人着想是他们的本性。在人生的岔路口，"哥哥"首先想到的是自己的同胞弟弟，放弃自己的前途，重新面对生活。这需要何等的勇气呀！我们可以想到在做出如此选择的时候"哥哥"的痛苦。

在今天这个物欲横流的世界，"哥哥"的做法值得我们每个人深思。

刻在我心里让我终身难忘的恩情，他不仅没有索要哪怕是微不足道的一点点感情回报，而且他还竟忘得一干二净！

两 双 鞋

● 文/许瑞生

人过五十，会有很多刻骨铭心、终身难忘的人和事。但是，当编辑约稿的那一瞬间，我脑海里最初闪现的，便是本文的题目。

我出生在贫民窟，一家十口全靠蹬三轮的父亲和两个姐姐做童工维持生计。一九四七年，在我三岁的时候，左脚得了骨结核。当时，除了锯掉，没有别的办法。一天，父母抱着我来到英租界的"贾大夫医院"（现在的公安医院），找大夫治病。不一会儿，两位护士小姐推进来一架小车，车上豁然摆着一把银光闪闪的不锈钢锯。

母亲问："给孩子治病怎么还用锯呀？"

护士说："对，一会儿得锯他的左脚。"

母亲大惊失色："啥，锯脚？"

护士说:"你还不知道啊,孩子的爸爸已经签过字了。"

说着就要抱我往手术床上放。母亲一把推开护士的手,抱着我就往门外跑。

护士拦住:"这种病的感染是控制不住的,现在只是锯脚,往上就得锯腿,再往上这孩子就没命啦!"

性情豪爽的母亲斩钉截铁地说:"我这儿子,从小就好胜要强,锯掉一只脚,还不如让他死在我怀里呢!"

跑遍了天津大小医院,反反复复地开刀刮骨治了五年,我虽没死,病却越来越厉害。此时刚刚四十出头的母亲,已然是银发满头,深纹刻面了,即使如此,她也从来没动摇过给我治好脚的信心。

到了读书的年龄,母亲每天背着我去学校,她老人家虽然身高体壮,却是缠过足的小脚,学校离家不远,路上也总要气喘吁吁地歇上四五次。班里同学知道了,便轮流来背我。这时,有个叫王文祥的同学说:"你们都别管,我来背。"因为家境贫寒,王文祥十五岁才上小学一年级,是班里的老大哥。后来我才知道,他每天天不亮就起身,先到八星台一带钓鱼,把钓来的鱼拿到鱼市上卖完后,回家把钱交给妈妈买棒子面,然后再跑步背我上学。他一天不卖鱼,全家就要挨饿。他每次来背我,我总是看到他后脖子挂满了细碎的汗珠儿。一次我问他:"你这么爱出汗哪?"

他笑笑说:"毛病,从小养成的毛病!"

就这样,不管刮风下雨,还是冰天雪地,他整整背了我三年。

这时候,从"贾大夫医院"传来消息,说有一种叫青链霉素的进口药,能治骨结核,但要两袋白面一针,必须连打十针才能根治。二十袋白面!我的天,那时候的我们家,每年三十夜才能吃上一顿白面饺子,哪里去弄这天文数字的钱?母亲高门亮嗓地说:"愁什么?没有过不去的火焰山!没钱,借!借不来,卖房子卖地!房子地卖不出钱,我就带你们去要饭!就是砸锅卖铁也要给孩子治脚。"

不久,我的脚病果然被青链霉素治好了,可是母亲还是放心不下,时时担心我的脚病复发。中学时我喜欢踢足球,母亲说:"用那只好脚踢,别把病脚踢坏了。"

奇怪的是,我的左脚技术特别好,传球到位,射门也准。后来我考上解放军艺术学院到北京读书,寒暑假回天津,母亲见面的第一句话总是问:"脚没事吧?"

毕业后我被分配到酒泉卫星发射基地,每封家信都少不了嘱咐我:"西北的天气冷,别把脚冻坏了。"最有意思的是,我转业到天津人艺,在话剧《九一三事件》中扮演林彪,剧中有一场戏:"林彪"在下场之前绊一跤,旁边的"吴法宪"连忙趋前搀扶,以表现这位空军司令讨好副统帅的奴才相。母亲看罢演出,回家就问我:"脚疼啦?"我笑着说:"那是导演安排的动作!"母亲听后哈哈笑。

背我上学的王大哥,早已失掉了联系。四年前的一天,我突然接到小学同学的电话:"在电视里看了你写的《蛐蛐四爷》到台湾演出,才知道你在人艺当院长,我们大家都想见见你呢!"

我立即说:"到我家来,我请你们吃饭。能联系上王文祥吗?"

同学说:"试试吧。"

聚会那天,久违的王大哥果然来了!一见面我就热情地抱住他:"王大哥,小时候你一边钓鱼卖,一边还背我上了三年的学……"

王大哥一脸茫然:"钓鱼换棒子面我忘不了,可我怎么不记得背你上过学呢?"

刻在我心里让我终身难忘的恩情,他不仅没有索要哪怕是微不足道的一点点感情回报,而且他还竟忘得一干二净!我的眼睛潮湿了。

分别时,我送给王大哥一双皮鞋:"三年,磨坏了你多少双鞋,算是老弟的一点补偿吧!"

王大哥开心地笑了:"今天我也给你带来一双鞋,不是皮鞋,是运动鞋。小时候你的脚不是打石膏就是缠着白纱布,不记得你穿过鞋,给你这双鞋。是希望你事业步步登高,还希望你锻炼身体,长命百岁!"

我的泪水终于控制不住地从眼角滚落下来。

不是手足胜似手足

赏析／老　张

现在流传雷锋三月来了四月走，而近日的一则新闻引起了我的注意：学雷锋大嫂索要锦旗。难道做好事一定要索要回报吗？正当我冥思苦想不得要领之时，一股清新之风带着他不可阻挡之势迎面扑来，是那样及时的给予我明确答案。

没有任何血缘关系，只是同学的"老大哥"，在我小时候给予"我"的帮助——"每天天不亮就起身，先到八星台一带钓鱼，把钓来的鱼拿到鱼市上卖完后，回家把钱交给妈妈买棒子面，然后再跑步背我上学。""不管刮风下雨，还是冰天雪地，他整整背了我三年。"面对这样让"我"刻骨铭心终身难忘的恩情时王大哥却一脸茫然："钓鱼换棒子面我忘不了，可我怎么不记得背你上过学呢？"这样鲜明的对比正是"老大哥"对这个问题的最好答案。

久违的王大哥还记得"我"小时候的脚不是打石膏就是缠着白纱布，不记得"我"穿过鞋，送给"我"一双鞋，就更为突出的体现了老大哥对"我"这不是手足胜似手足之情。这样的《两双鞋》让你我都会为之感动。

天堂里淳朴善良的大哥呀,我常常在梦中想起你在田边遥望我的情景,常常泪眼模糊!

想念大哥

● 文/黄方国

大哥好几年都没主动给我打电话了,这次打电话来是中午,我正在席间推杯换盏。大哥语调沉静:"你大嫂走了,明天埋。你能来就来,不能来就算了。"

呜咽的唢呐声在半山腰萦绕,听得人心碎。中年丧妻的打击让五十岁的大哥一夜苍老,风像掀蒿草一样掀起他花白的头发,和我相对而立,他朝我和妻子点点头,然后摸着儿子的头,满眼迷茫,什么也不说。

大嫂在遗像里还是很贤淑的样子,我问大哥:"嫂子是怎么死的？"大哥抽了口叶子烟，望着远山说："眼里长了个东西，今年瞎了。两个儿子老是找不到媳妇，伤心加怄气，没想开，就喝了农药。"叶子烟雾在大哥的头上升腾，抽了一口他又接着说："想来想去，觉得不给你说这些事的好，你别怪我。"我盯着大哥无言以对，大哥按按我的肩，走了。夕阳西下，照着破败的老屋，照着蹒跚前行的大哥。我左思右想，始终无法安慰自己，鼻子一酸，眼泪便一串串往下落。

父母死得早，长兄为父，大哥含辛茹苦养育了我。参加工作后，兄弟天各一方，我在城里经营前程，他在农村经营几亩薄田，走动本已稀少，加上妻子因为大哥老和我闹别扭心存怨艾，大哥就再也没来过家里。我牵挂大哥，间或打电话回去问候一下，大哥总说他很好，不用我挂念，电话费又贵，叫我别经常打电话。

大嫂下葬的那天早上，雨落个不停，高过了山峦的唢呐声不停地呜咽。看着唇齿相依二十多年的妻子从此将阴阳相隔，深感唇亡齿寒的大哥挣脱别人的搀扶，一膝盖跪在烂泥地上，不哭，也不喊，谁也拉不起来。雨顺着大哥的头发往下落，他突然喊了一声："你为什么要离我而去啊？"便在墓前晕了过去。

大哥中午才醒来，睹物伤怀，又情人愁肠，苍老的神情更显悲怆。我把妻子叫到屋外，跟她商量道："大嫂刚去世，咱们在这里住几天，陪一陪悲伤的大哥。"妻子虎着脸："儿子闻不惯猪圈茅厕发出的臭味，睡不惯硬硬的木板床，也用不来那些很脏的碗筷，我们马上就回去。"我怒视着儿子："你的屎痂子还没掉，就学会臭讲究了？"妻子手一甩，拉上儿子就走，我追到田边，对着天大骂不止。

回头一看，大哥从我身边走过，也不理我，边走边咳嗽。我拦住大哥，他把我往旁边一推，更快地往前走，一声声地喊儿子。我说他们走远了，大哥嗓音很大地叫我打妻子的手机。接通电话，他低声下气地跟妻子说："弟媳，你等一会儿，弟弟马上就赶过来陪你们一起回去。"妻子说："我不稀罕他陪我们。"手机再也打不通了。

大哥的脸都黑了，他推着我说："去追呀，快去追呀！"我拉着他说："你现在这个样子，我走了还算个人吗？"大哥再次推我，我一下跪在他面前："大哥,别撵我。我已经错了一次,难道我还能再错一次吗?你不让我陪陪你,也要让我多陪陪疼爱我这么多年的大嫂啊!"

大哥慢慢地蹲下来,替我抹眼泪："有你这句话,我就满足了,哥哥没白疼你。"秋风一个劲地吹,吹低了山腰的树林,吹低了田角的蒿草,吹得满地的黄叶打着旋。大哥抽了口叶子烟。烟雾弥漫,声音苍远："大哥是农民,况且年过半百,一辈子也就是这样了。但我一想到你在城里混得那样好,就觉得脸上特别有光。"

大哥说："只要你们一家和和睦睦,快快乐乐,大哥吃再多的苦,受再多的气,又算个什么呢?"我的眼泪再次涌了出来。大哥又说："你想什么,大哥知道,大哥领情了。但你千万别那样干,否则一家人会不和。以后你若是抽得出时间,就回来一下,看看这块土地,你的根子,你的老家,还有咱爸、妈和你大嫂的坟。抽不出时间,就算了,我在呢!"我只觉得一股咸咸的泪水往下流淌。

大哥最后说："你要是还认我这个大哥,就喊我一声,马上去追他们。你要是不去,就用不着喊我,大哥从此再不理你。"

平地起秋风,吹乱了大哥的头发,吹得树叶飘零。我哽咽着叫了他一声："大哥!"大哥笑了,把我往前一推,说："见到她,主动道歉。记住了?"

走下山垭口,就再也看不到大哥的家了。回头一看,大哥还站在田边,手搭在额头上,往我这边遥望。夕阳照着他身后的山、身后的林以及身后慢慢升腾的暮霭。

此后,和大哥通了几次电话,大哥老是问我和妻子搞好关系没有,我几次邀他进城到家里看看,他嗫嚅半天最后还是拒绝了。从他的话语中,我隐约感觉到他的身体是每况愈下,却没有朝更坏的地方想,更没有想到抽时间回去看他。腊月将尽,大哥猝然去世了。临死前一天,他反复念叨想去我家看看。

天堂里淳朴善良的大哥呀,我常常在梦中想起你在田边遥望我的情景,常常泪眼模糊! 可一切已成追忆。

亲亲的大哥啊,我好想念你!

时时把兄弟放在心上的大哥

赏析／老 张

俗话说得好：长兄如父，长嫂如母。

在这个伤感的故事中我们感受到了"大哥"在生活中的那种孤独、寂寞、无助。他不想给自己的兄弟找麻烦，总是"把所有问题都自己扛"。当"大哥"与唇齿相依二十多年的妻子阴阳相隔，深感唇亡齿寒的"大哥"内心的感受怎是一个"在墓前晕了过去"所能表达尽的？此时淳朴善良的"大哥"最需要亲情来分散他的注意力，而来自城里的"我"自然是最好的人选。而作者在这里笔锋一转，情节上的突变给后来"大哥"的猝然去世埋下了伏笔。让读者觉得"大哥"这个守住自己土地的农民，虽然从未曾到过"我"城里的家，心里装的却是对兄弟的爱，这手足之情在"大哥"看来远比自己所受到的打击重要得多。这点从"大哥"后来打电话还问"我"和妻子搞好关系没有体现的尤为突出。就是这样一个让"我"担心，让"我"挂念的亲人临死前还惦记着"我"。"我"怎能不想念这样的"大哥"？

这个故事谁看了能不泪眼模糊？谁能不为"我"有这样的"大哥"感到欣慰和羡慕？

两根稻草决定了双胞胎兄弟的前途，又是这两根稻草决定两兄弟的生与死。

两 根 稻 草

● 文/梅 村

大林和小林是双胞胎。每次考试，在全年级大林第一，小林第二。兄弟俩约定，一起考重点大学。

可好梦很快就破灭了。初三冲刺时，父亲得急症身亡，母亲含着泪说："再供你哥俩上学，妈是有这个心却没这个力了……你们只能一个继续读，一个跟妈挣钱养家。你俩商量一下，谁回……家……"

大林抢着说："我是长子，理应由我挑起养家糊口的担子！我回。"小林急忙反对："不行！按规矩长子应该优先，再说哥的成绩比我好，将来会更有出息。我回。"兄弟俩争得不可开交。

母亲的眼泪像断了线的珠子往下滚，说："好了，别争了。"她颤巍巍地拿出两根稻草："原本怕你们会争着上学，打算用抽签的法子来定。现在你们争着回家，那就还用这个法子定。这两根稻草一根长一根短，抽到长的就继续读，抽到短的就回家……抽吧。"

大林想了一下说："那我先抽。"剩下的自然就是小林的了。两根稻草放在一起一比，小林的长，大林的短。

母亲拿过两根稻草看了一眼，心里不由一阵抽紧，望着大林，大林抓住母亲的手说："妈，一切都是命中注定的，我认命。"母亲爱怜地抚摸着大林的头说："孩子，委屈你了……"

十六岁的大林背着简单的行李来到城里的建筑工地打工。他省吃俭用，每月都要向家里寄钱。

小林进了重点高中。三年后，小林考进了北京的一所重点大学，从此他便成了家里的"特保儿"，有好吃好穿的首先满足他。他开始还有点过意不去，渐渐地也就习以为常了。平时大林接到小林的电话，大都是要钱的。有时寄得晚了一点或是数额少了一点，小林还在电话里表示出不高兴。为了多挣钱，大林换了一家对身体有损害的化工厂打工。

转眼间，小林大学毕业了，受聘于一家IT企业，薪水不菲，很快娶妻成了家。

大林还在那家化工厂打工，但是由于这些年他为了养家，为了支持小林，一分钱也没有存下。没钱，没有女人愿意做他的老婆。母亲曾请小林帮助哥哥找个老婆，小林答应了，却迟迟没见行动。

天有不测风云。一天，小林突然晕倒在电脑旁，被送进医院一检查：白血病！母亲闻讯从家乡赶来，求医生救儿子一命。医生说，治好这个病要做骨髓移植，关键是找到能够配型的骨髓。母亲忙说："我是他母亲，我的行吗？"医生说："你年龄太大了。如果他有个双胞胎弟兄就好了。"母亲兴奋地回答："有、有，他有一个双胞胎哥哥！"

大林坐了一天一宿的火车匆匆赶到小林床前，兄弟俩的手握到了一起。大林对流泪的小林说："不要担心，有哥哥呢！"小林抹了一下眼泪："我知道，我真幸运，有你这样一个双胞胎的好哥哥……"然而，坐在一边的母亲却看着大儿子发呆。因为，与一年前见到他时相比，大儿子瘦多了，面色苍白。

经检验，兄弟俩的骨髓完全匹配。但医生同时告诉他们，大林患有严重的职业病，如果捐髓，有相当大的危险。母亲呆住了，她知道，尽管移植骨髓是医治白血病的最好办法，但白血病患者即使换了骨髓，成活率也只有百分之三十，而大林捐髓的危险竟在百分之五十以上。手心手背都是肉，做母亲的此时真难呀。

在有医护人员参加的家庭会议上，主治医生介绍完情况后，大林立即表示："为了弟弟，我愿意冒这个险！"小林抓住哥哥的手，感激地说："谢谢你！哥哥，谢谢你救了兄弟一命！"

出人意料的是,母亲没有同意。她的观点倾向于医生:寻找新的髓源。尽管时间可能来不及了,因为小林情绪恶劣,病情随时都可能恶化。

医护人员退了出去。留给母子三人的是长时间的沉默,还是大林先说话了:"妈,医生都是慎重的,我想不会有太大的问题⋯⋯就是有问题,为了弟弟⋯⋯我也值了。"母亲没有说话,她看着小林,欲言又止。

大林突然抱住母亲:"妈,我知道你一时决定不下来。那就还像从前一样,用抽稻草来决定吧。如果小林抽到短的,就等待;如果我抽到短的,你就同意我捐⋯⋯"小林点头。母亲望着两个儿子,想了半天才说:"好吧!城里找不到稻草,我出去找两根树枝吧。"

母亲出去了大半个时辰,拿回来两根树枝,藏在衣袖里。只见她背对着两个儿子将树枝放进被子里,转过身来轻轻地说:"你们谁先抽?""还是我先吧。"大林说。

大林的一只干瘦的大手伸进了被子,母亲和小林的目光都集中到那床雪白的被子⋯⋯病房里静静的,静得似乎能听到人的心跳声。大林笑了,说:"你们别盯着我看呀,我紧张呢!"说着,他用身体挡住了母亲和小林的视线,这个动作让母亲泪如雨下。

大林的手从被子里抽出一根,小林跟着伸进手,取出了剩下的那枝。母亲说:"都拿出来吧。"小林把他手里的树枝递给母亲,大林迟迟才把背到身后的手伸过来⋯⋯

两根树枝:小林的长,大林的短!小林兴奋地说:"哥哥,幸运再次光临了我。妈,哥哥的身体是没有问题的。相信命运吧!"

母亲向前迈了一步,拉出大林背后的另一只手。大林叫道:"妈!"这时,母亲已扒开了大林的手,半截细树枝横在他的掌心上。

聪明的小林一下子似乎明白了什么。母亲说:"我知道,当年大林就是用这个办法把上学的机会让给小林的⋯⋯"

小林蹲在地上,双手不停地揪着头发,喊着:"这是真的吗?这是真的吗⋯⋯""母亲抚摸着小林的头说:"小林,那不是命运,那是手足之情呀。医生说，只要你情绪稳定，再等些日子是没有问题的。疾病的好坏与情绪很重要呀……"

小林一下子跪倒在大林面前，抱住哥哥那干瘦的双腿叫道："哥——我的亲人呀！"

兄弟情深

赏析/老 张

能有个双胞胎兄弟真是件幸运的事。可是命运总是在捉弄这对可怜的人。两根稻草决定了双胞胎兄弟的前途，又是这两根稻草决定两兄弟的生与死。善解人意的母亲看在眼里，终于忍不住揭穿了事实的真相：善良的"大林"总是把机会留给弟弟，自己则选择了牺牲。甚至愿意冒险献骨髓挽救危在旦夕的弟弟的生命。能有这样的哥哥真的让人羡慕！

这个故事感人之处就在于文章的感情真挚，情节跌宕起伏，不落俗套。"大林"这个哥哥的做法在常人看来是不能理解的，但就是这样才能体现兄弟情深。"两根稻草"在文中两次决定命运的时候出现更加突出体现了文章的中心。

哥哥,我知道在那滔滔的洪水中,你一定坚持过,为你的青春坚持过,为你深爱的亲人坚持过……

哥哥,一路走好

●文/郑仪凤

哥哥走了,我失去了这世界上最疼爱我的亲人。

在这痛苦的日子里,哥哥的形象总是浮现在我的眼前,他摸着我的头,拉着我的手对我说:"妹妹,哥哥不在家,你要照顾好爸爸妈妈……"

似乎一切就在眼前,历历往事滑过心头。小时候,因为家里穷,爸爸妈妈常常外出打工,白天出去,晚上回来,有时一连几天才回来一次,家里就剩下哥哥和我相依为命。

哥哥九岁的时候,有一次爸妈出去打工,中午没有回来,哥哥用爸爸留给他的两毛钱买了两块饼,都让给我吃了,堂叔看见了就问哥哥:"你把饼都给妹妹吃了,自己吃什么呀?"

哥哥说:"我不要紧,晚上妈妈回来就有饭吃了。"

记得我九岁的那一年,有一次下大雨,爸爸妈妈没有回家,我却在半夜发起了高烧,哥哥摸着我滚烫的额头急得哭了。我不停地喊难受,哥哥一咬牙,冒雨摸黑跑到十多里外的村子里找到了医生。看着浑身湿淋淋的哥哥,医生感动了,二话没说,跟着哥哥来给我打针。医生走后,哥哥一直守在我的床边。第二天我醒来时,看见哥哥伏在床边睡着了。那年,哥哥才十三岁。

哥哥从小体质就弱,妈妈特地养了一只母鸡,好让他能每天吃一个鸡蛋补补身体,但哥哥常常把鸡蛋让给我。我上小学后,哥哥每天带着我一起上学、放学，每逢下雨天，我们共撑一把雨伞，哥哥总是把雨伞往我这边移，自己大半个身子都湿透了。

他说："哥哥是男孩子，男孩子是不怕雨淋的。"

从小到大，哥哥给了我太多的爱。我总在想，等我长大以后，一定要好好地回报哥哥。但是哥哥，我才刚刚长大，你却永远地离开了我。

人们都说，穷人的孩子早当家。哥哥很小就分担了生活的重担。读初二时，哥哥开始瞒着爸妈，利用周末去邻近村庄打零工。哥哥身子瘦小，能打上零工的机会也不多，所以爸爸妈妈一直都不知道。直到有一次，哥哥帮人收粮食，两天时间赚了二十元工钱，哥哥高兴得不得了。那天晚上哥哥把钱交给了爸爸，爸妈都哭了。妈妈把哥哥搂在怀里，心痛得直掉眼泪："孩子，你从小身体就弱，现在又是长身体的时候，怎么能去干重活呢？"

从不落泪的爸爸也流着泪对哥哥说："爸爸没本事，让你受苦了，以后不要再去了。"

后来，哥哥参军了。他尽量省下部队的津贴，每月寄回五十元钱，转为士官后，他每月都寄三百元回来，直到出事前的当天上午，他最后一次给家里寄回了三百元钱，但我们还没收到他的汇款，却先接到了他落水失踪的消息。

哥哥爱亲人，也爱身边的每个人。小时候，我们家附近的老人每每需要什么帮助，哥哥总是有求必应。哥哥常常跑去帮一对残疾夫妇干活。住在我们家附近的嫩伯伯，年老多病，又无妻无子，哥哥就经常去他家帮忙干一些家务活。孤身一人的嫩伯伯每有感冒发烧，哥哥总是第一个知道。

哥哥牺牲时，存折里仅有六块多钱，但他又是那么的慷慨，他在将乐县长期资助着两名面临失学的孩子。他说，很后悔过去没有读好书，希望孩子们能读书成才，不再有和他一样的遗憾。

参军后哥哥只回家两次。今年三月份，他第二次也是最后一次回来，前后只在家里待了三天。他归队的前一天晚上，我们一家吃了一顿很丰盛的晚餐，是哥哥亲手烧的菜。

哥哥看见我们吃得开心,他笑着说,以后退伍了,就去学烹饪,让我们常常吃到好吃的菜。

尽管回家探亲的次数少,但他每周都要打电话回来,不管是回家还是打电话,说起部队的生活,他总是谈战友们如何地互相关爱,谈他在部队又有了哪些进步,他总是说部队是一个温暖的大家庭,叫我们不要牵挂他,却从来没有向我们提起过训练的辛苦,更没说过作为一名消防战士随时要面对的危险。他不希望我们为他担心。

哥哥从小就是一个听话、懂事的好孩子,但有一次挨爸爸的责骂却让我难忘。

那次,他瞒着爸爸妈妈带我去村子外的一个池塘里摸田螺。那里的田螺很多,记得最后我们是抬着满满一脸盆的田螺回来的。爸爸板着脸把满盆的田螺全部摔到门外去了,还狠狠地骂哥哥说:"去年那个池塘刚淹死一个小孩,你竟敢如此大胆,还把不会游泳的小妹也带到池塘里去,你知道有多危险!"

后来妈妈告诉我们,那天她和爸爸找了我们好半天,他们担心得要命。从那以后,哥哥再没有带我去那个池塘玩水了,在他二十三年的人生中,受到大人的指责少之又少,那一次挨训的经历,我想他一定印象非常深刻,他一定很清楚水的危险,但他最终还是在水中走完人生的最后一步。

我守在他落水的地方,想起小时候哥哥教我学骑自行车。

有一阵子我摔怕了,不想再学了,哥哥鼓励我说:"做事情不能半途而废,坚持下去吧,你一定会成功的。"是的,坚持下去就会成功——我在心里默念着哥哥对我说过的这句话,盼望着奇迹的出现。一天过去了,两天过去了……奇迹没有出现。哥哥,我知道在那滔滔的洪水中,你一定坚持过,为你的青春坚持过,为你深爱的亲人坚持过……

哥哥还是走了,哥哥,一路走好啊!

令人尊敬的大哥

赏析／老　张

　　不是每个人都能幸运的拥有一个优秀的哥哥。现在的家庭都是一个"小皇帝"，如果你有一个从小就疼爱自己的哥哥是何等幸福之事！作者就很幸运的有这么一个好哥哥。

　　"哥哥"明事理，有爱心，坚强，乐观。是个真正的男子汉！可是为了尽到军人的神圣职责献出了年轻而宝贵的生命！让人敬佩，让人惋惜！

　　作者的怀念之情通过文字也变成了大家的怀念。我们不仅为"我"失去了一个疼爱自己的好哥哥感到伤心，也为我们失去了优秀的消防士兵感到痛惜。他用自己年轻的生命诠释了"军人"这个神圣的字眼，让我们感到肃然起敬。哥哥鼓励"我"的话"做事情不能半途而废，坚持下去吧，你一定会成功的。"不仅萦绕在我的耳边，同时留在了每一个读者的心里。

那个戴眼镜的高个男同学看我好像傻了,赶快捅我,说:"咦,跟你哥说再见呀。"

第一次看到他笑

●文/刘殿学

一

自打昨天夜里接到录取通知书,全家高兴的呀,妈也不知是哭还是笑,不时地用手揉眼睛。通知书没到,她总担心我考不上;通知书到了,她又担心我路上咋走。说,一个女孩儿家,第一次出远门,路上又乱,没个伴,家里不放心。

我说没事,我自己能走的,人家到外国留学,也一个人走哩。

妈叫我别犟,说明天不是叫他送,就是叫他爸送,反正得陪个人一起去。

没法,最后我只好妥协了,同意让他送。

自从我爸去世后,他们爷儿俩,每年都从甘肃老家一起到我们家来帮助拾棉花。那一年,棉花拾完了,他们就不走了。

他们一来,我就觉得家里处处不自然,眼睛鼻子都碍事,总不想看到他们,更不想跟他们说话。每天天一亮,我就上学,天黑透了,才回家。一天三顿饭,我一个人端到自己房间里去吃,从不跟他们在一起吃。我讨厌看到那两双眼睛,尤其讨厌后爸那双黑黑的手,动不动就往我碗里夹菜。他每次夹给我的菜,我都偷偷地丢到桌下边喂猫。我知道,我这样做,妈心里是很难过的,她很希望我跟他们好,跟他们说话,叫声爸,叫声哥。可是,我办不到,怎么努力,也办不到。一看到他们爷俩，总觉得像小数点后边除不尽的数字，多余。我只有一个决心，一定要考上大学，离开这个家，永远不跟他们在一起。

接到录取通知书，一家人高兴得整夜不合眼，给我忙吃的，忙带的。

忙完了，天都快亮了。妈说我明天就要离开家了，今夜要跟我睡会儿。

可妈倒在我床上，老是睡不着，小声跟我说话："秀，你明天就要离开妈了！"

妈刚说话，就开始抹泪。"妈对不起你，秀。你爸死后，妈也实在是没法，才走这一步。妈又有病，这么多地，这家里没个劳力，多困难哪！不用说供你上学了，就是每月的面粉也打不回来。你四年大学，少说还要三四万，这还得靠他们爷俩。哎，妈也知道你看不起他们，女儿家，人大心大，妈也不怪你。天亮，你就要走了。妈也没什么别的话说，天亮临走，叫他们一声好吗，他今年二十了，比你大一岁。"

我不说话。我知道妈这一辈子不容易，爸死了，妈那样困难，也没让我辍学。这一点，我深深地懂得，我知道妈心里很难受。但要我叫爸，叫哥，实在是难办到。为了临行前能安慰妈，我把手放到妈的手上，表示我愿意听话。可，天亮了，我还是又一次地错过叫爸叫哥的机会。

说实在话，他们爷俩人并不坏，一老一小，两个老实疙瘩，来到这个世界上，似乎天生就是干活的命，天生就是往地里下力气的人。每天天不亮下地，天黑透了，也不见回家。平时，吃好吃坏，穿好穿坏，一声不吭。我家承包的一百多亩棉花地，从春到秋，他们父子俩就像两头牛，没白没黑地干。就连到了拾棉花最忙的时候，他们也不让我缺一节课。说，念书的人不能离开书，一离开，脑子就会死。不管地里的活多么紧，每逢下雨下雪，妈还叫那个儿子给我送雨伞，送雨鞋。其实，我宁可淋着，也不想让他到我们学校去。

每次，一见他走到学校前面大门时，老远地，我就跑出教室，去接他手里的东西，生怕班里的同学问我他是谁。后来，他也自觉，一次也不敢往学校大门里走,就站在学校前面路旁边的林子里,淋着雨,等我放学出来。身上披块塑料布,湿透了,他也不敢撑开我的小花伞。如果我不带任何偏见的话,其实,他长得并不难看,高高的个子,长长的脸,眉宇间还带有几分帅气。

新疆一天十五六个小时的日照,把他晒得又黑又瘦。要是命运能够公平地让他上学的话,我敢说,他比我们班上许多男生都长得好看,他完全有资格成为一名优秀的大学生。可是,他也很不幸,他妈死得早,甘肃老家在山沟里,穷,上不起初中。来到我家那年,他才十五,我妈想让他继续上学。可家里这么多地,他爸就早早地拿他当成了整劳力,整天在一眼望不到边的戈壁滩下晒日头。

二

轧嘎,轧轧,轧嘎,轧轧……

火车把我与家的距离越拉越长。

坐在火车上,我第一次有了离家的感觉。这种感觉使我好想哭。我知道,我这一去,不是永别,实如永别,要很久很久才能回家一次。我好想妈妈,我就从车窗往外看,想看到妈妈。看累了,就把头放在小茶桌上,假睡。反正不想朝对面看。我知道,他,正端坐在那儿,双手夹在两腿中间,也在朝窗外傻看。他在看什么呢? 我下意识地朝对面的他瞥了一下,他仍像根木头一样,不说,也不动,眼睛永远是那样老老实实地看着窗外。

他也知道,一般情况下,我不会跟他说话的。所以,他也就一心一意,一个人看那车外不停地流动的景物。

一天一夜过去了,同坐在一起的旅客,根本不知道我们是一起来的,更不知道我们还是一家人。

我觉得十分寂寞,几次努力,想跟他说话,但,都没有成功。

再有一天一夜,就到西安了。也就是说,我们之间,已经是两天一夜,三十多个小时,互相没说一句话。有时,他去给我打杯水来,啥也不吭,就那么不声不响地放在我跟前的小茶桌上。我看书。他不看书。我不吃车上的饭,吃干粮。他饿了,就自己买一点饭吃。

火车进了一个小站。停车三分钟。

那些卖东西的人,一个个扒着车窗叫卖。

我看见一个卖五香花生的乡下妇女,就问:"哎,花生多少钱一包?"

"一块。要不要?"那个乡下妇女拿起一包花生,举在手里,问。

于是,我就拿出一张五块钱,说:"买两包。"

那乡下妇女收了钱,先给了我两包花生。随即,手在袋子里抓了抓,不找钱,掉头想走。

我急得正要喊,只见他眼疾手快,立即从车窗中探出大半个身子,一把将那个乡下妇女的头发抓住,命令似的:"找钱!"他那样子好凶。

天,我还是第一次看到他那怒不可遏的样子。如果那个乡下妇女再不老老实实地找三块钱,他一定会把她从车窗外提进来的。

车又开动了。

我对他看了一眼,心里好一阵感激。将手里的两包花生,分给他一包。

他说他不饿,要我留着慢慢吃,到西安早着哩。

由此,那包花生,就在小茶桌上放着。一直到西安,我收拾东西准备下车时,才将那包花生装在兜里。

三

火车晚点了。夜里十一点才到西安。

西安火车站好大呀!

车站上,到处都是拥挤的人。

我下了车,头晕晕的,不知东西南北。在人海中,到处看不到一个熟人,我才真正觉得,我已经离开了家,离开了妈妈,来到了一个陌生的世界,心里好想哭。大概是因为自己胆小的缘故,提着包,一步不离地跟着他往前挤。原先那种厌恶、傲慢的感觉,不知哪去了。只觉得他就是我的亲哥,那么细心,那么卖力,肩上背着两个大包,手里又提着小包,走得那么艰难,还不时地回过头来看我,生怕我被挤丢了。

我没钻过火车站地道,心里很害怕。问:"哎,这走到哪了?哎,对不对?哎,还是问问人家再走吧。"

他说:"不问,对着呢。就打这儿出去。"

"你走过吗?"

"走过。那年,去新疆,也是这样钻的。没错,走,跟着我。"

我心里暗自庆幸,幸好听妈的话,让他来送我。否则,这大包小包的,拖不动,扛不动,又不识方向,这会,准该哭鼻子了。

几个弯儿一拐,忽见前方一片灯火辉煌。车站出口处好不热闹。我一眼就看到人头上举起一溜的牌子,都是各个高校来车站接新生的。

老远地,我看见一块牌子上写着"陕西师范大学"几个字,高兴得大叫:"哎,陕西师大!那儿,哎,你看,在那!哎,有人来接我们了!"我高兴得跳起来,嘴里一个劲地哎,哎,从人群儿中挤过去,拿出入学通知书。

那些大学生们便热情地接待了我。

一个戴眼镜的高个儿男同学,从我手里接下包,往车上送,还叫我们动作快些,说他们夜里还要接三趟新生。

另一个男生走过去,从他肩上往下拿包,问我:"他是你什么人?你哥吗?"

我点点头。

那男生又说:"那好,就一起上车吧。学校有招待所。"

他放下包,说:"不了。秀交给你们,我就放心了。我在车站上坐会儿,明天天不亮,就搭上海来的 54 次车回去。"

那个戴眼镜的高个男同学说:"明天天不亮就回呀?忙啥?到了西安,还不好好玩玩?难得来一趟,去看看半坡呀、兵马俑呀,去华清池洗个澡呀……来来来,上车上车。"

"不了,俺家里还有事,地里棉花开始拾了,俺爹俺娘忙不过来。"他说着,硬从车上往下跨。

车开了。

那个戴眼镜的高个男同学看我好像傻了,赶快捅我,说:"咦,跟你哥说再见呀。"

"哥!……"我从车窗伸出手,一下子觉得心里泪汪汪的,好想哭,连忙用手捂着脸。

他一听,连忙转过身,笑着对我挥手。

默默奉献的大哥

赏析/老　张

人生总是有一些被感动的人和事。

作者详细地描写了对继父家的哥哥从拒绝到接受的过程。感动是因为"哥哥"的善良。感动是因为"哥哥"的真诚!"哥哥"的第一次笑也是因为"我"接受了"他"。是因为"我"真诚地想哭!这真诚的一哭一笑让我们想起了人性中的真情! 是多少金钱都无法得到的!

作者用细腻的笔触让我们感受到了哥哥对"我"的那份不求回报的真情。哥哥十五岁就为了"我"辍学回家务农,没有怨言,没有不满,有的只是对这个家的默默奉献,对父母的关爱。以至于能抵住大城市的诱惑,毫不犹豫地跨下车,急着赶回家拾棉花。这样的哥哥虽然没有血缘关系,又怎能不是个令人羡慕的好哥哥?

妹妹就像一粒种子,飘进哥的心里,生了根,长成大树,移也移不走的。

哥哥,我的哥哥

●文/佚 名

我想知道,那些飞来的鸟儿,是否也会带来些给我的思念。终于来到了南方,那个只在书中见过的、被春风吹绿的江南岸边。阳光明媚,春风和谐。我是这景色中一名知礼、少语而忧郁的孩子。

他们都说,在我仰望天空时的样子最让人怜惜。我轻叹无言。他们没有见过,从前我的样子。这没有什么,我在北方生活了十六年,突然有一天我的生母来了,她来告诉我,我是一个被南方遗忘了十六年的孩子。

于是,我只有离开。开始迷茫地生活,很长一段时间不知世事。

常常喜欢仰望着天空和鸟儿一起飞回去,那个我生活了十六年的地方,突然我就望着它撕心裂肺地远去。

那地方,虽然简陋却温馨而幸福。有爽朗的爸爸,有温柔的妈妈,还有,我的哥哥,全世界最好的哥哥。

很小的时候,哥哥就开始拉着我的手走过大街小巷,在离家不远的小溪边玩耍。我竟然调皮地把哥哥推下小溪,害他生病。在那天,我把舍不得吃的苹果送到他面前,哥哥竟然哭了呢。也好,他说,这样可以把苹果看成两个,他要他眼睛里的,我要他手里的。也许是从那次以后吧,我在哥哥眼睛里,总像个苹果,红红的。

开始长大,哥哥说不能再牵我的手。我狠狠地哭给他看,从此以这为理由,理所当然地对他进行压榨。喜欢在早晨大声地敲他的门叫着"懒猪哥哥！该起啦"；喜欢悄悄溜进去捏住他的鼻子嘴巴，看他多久才会醒来，然后他边喘气说"活不过啦"边捏我鼻子拍我的头说调皮；喜欢去他的屋里扫荡，抱起东西走到我屋里，边走边说"你有意见吗?别动啊!老妈在堂屋!"然后看他气得没音的样子，笑到震动四邻；喜欢看他激情飞扬、指点文字的样子，在人前骄傲地说"那是我哥啊"，人后却糗他有什么了不起；喜欢看他在和风下弹起吉他，唱歌给我，却从来不管别人；喜欢在下雨的时候从不带伞，看他又宠爱我又紧张地说"感冒了怎么办，还好我带的又是咱家的超大伞"；喜欢在想哭的时候，扎在他的怀里感受温暖，弄脏他最心爱的衣服也无所谓；喜欢在他生气时躲在他背后，然后怯生生递上自己的零食给他消气，看他忍住不笑的脸；喜欢窝在床上和他天南海北地讲话，跟老妈说"求您了，我们再说一会儿"；喜欢在早晨熬碗粥，看他低头喝着说"还是妹妹熬的香啊"；喜欢煞有介事地找他打开矿泉水瓶子，看恶作剧后的水洒他满身，然后躲在老妈背后冲他做鬼脸，吃定了他的无可奈何；喜欢听他说"妹妹你好可爱，眼睛这样亮"；喜欢看他故弄玄虚地说"国家主权不可侵犯"，其实交换条件是叫我做苦力去洗他的臭袜子；喜欢他陪我放风筝，说"每年都要去，而且要背着我"……

　　我以为，日子就会这样过下去，我和爸爸、我和妈妈、我和哥哥，和乐而安详，苦恼，忧愁，开心，大声地笑，心底的快乐，被爱紧紧地包围着，永远不会有什么改变。然而偏偏就有一个因由，把这些全部在瞬间里就打得粉碎，却叫所有人什么也说不出。我的生母来了，像我被遗忘时一样悄声无息地来了。

　　大人们都无言，我和哥哥傻傻地对视，眼睛里充满了惶恐和不可相信。我不知所措，常常傻傻地待着失魂落魄。哥哥要跟我坐下来静静说些什么时，我总是捂住耳朵大声说："哥哥，你好像个女人，我不要听。"

　　然后哥哥开始疏远我，冷淡我，一天，两天。我受不住，哭着对他说："哥哥，你别这样好吗?我会做个好妹妹，我不再惹你生气，我会听你的话，我做错事你打我你骂我，我改行吗……"

他只是把头转过去说:"你好烦!"

然后就仰着头好像天上有什么。我跌落在地上看着他的背影走出门去。

怎么会是这样,哥哥啊!第二天,我熬了一碗粥,然后去叫哥哥的门,像这么多年来一样:"哥哥大懒虫!快起床啊,再不起妹妹熬的粥就没有喽!"很久,哥哥不像往常一边大呼小叫着喊"粥一定要给我留一碗……"一边一个骨碌地爬起来。

很久,哥哥面无表情打开门,没理我转身走进洗浴室。出来的时候,我赶紧擦掉不觉又流下的眼泪,把他推到桌边,笑着说:"哥哥,我特意给你熬的粥哦,趁热快喝吧?"哥哥没有去看,推开我的手,只是冷冷地说:"我用不着,你这样的大小姐和我们是不一样的,我才不稀罕。"我愣住了,又一下子跌到谷底,眼泪扑簌簌落进粥里,我脑子乱成一团,眼前一片模糊。我说:"哥哥,求你了你别逼我好吗?我不是你的妹妹吗?不是你最疼最亲的妹妹吗?你不是还答应要每年陪我去放风筝的吗?不是说还要背着我去吗?哥哥你答应我很多事还没有实现呢,哥哥你别不要我好吗? 哥哥啊……"

哥哥却还是没有说什么,他转过头不看我,推掉我伸过去的手风一样跑出门去。我哭得声嘶力竭,有若掉进了没有人的深渊,转头看看叹气的爸爸,看看无语的妈妈,一个人慢慢走回房间。

我懂得哥哥的心思,感情是可以培养,亲情不能割断。家里的不富裕和我成绩的反差,哥哥是希望我能有更好的将来。他希望我能考个好大学。哥哥啊,可是你又懂得我吗?! 我曾想过,要用什么激烈的方式来让他死心,可是,终究没有。哥哥认定的事从不会轻易改变。他是会在抚平我之后再把我送到生母面前的。我慢慢收拾着自己的东西,一件一件,充满我十六年的回忆。我忽然全都放下,一件一件摆回原来的位置。放在这里吧,所有,我的所有。我不要睹物思人,我不要握着一件可怜的东西来浸透我的伤痛。

我走到哥哥的屋子,收拾着他散落的东西,整理着他凌乱的书桌,把他塞在床下的衣服一件件拾起,抱到洗浴室,细细地洗干净,甩干,晾起。这一夜,哥哥没有回来。我窝在妈妈怀里,在爸爸的叹息声中,听她讲生母的故事,听她说生母当初的不得已,眼泪和妈妈的一起润湿她的衣服。我的是不舍,她的,是更不舍。

第二天一早,我静静坐在桌前,看着平静的爸爸妈妈,看着希望我有个似锦前程的爸爸妈妈,轻轻笑一下,努力逼回眼底的泪。桌上有个笔记本,是哥哥比赛获奖送我的,扉页上有句哥哥写的话:妹妹就像一粒种子,飘进哥的心里,生了根,长成大树,移也移不走的。这还是那年,哥哥有了女朋友,我觉得受冷落,撒娇、卖乖、哭个不停,哥哥写给我的。现在来看,当初,连打闹都觉得温馨,又不觉涌了满眼的泪。

哥哥回来了,样子好憔悴。我赶紧擦干泪,今天我要走了,要留给哥哥最美的笑容啊。哥哥不是常说我笑起来的样子很好看吗?我走到哥哥面前,看着他慌乱又努力镇静的样子,开口说:"哥,我要走了。以后,以后你要好好照顾爸爸妈妈,自己衣服记得洗啊,以后没有妹妹帮你喽,早饭要记得吃,不要赖床了,你的胃已经不好了,晚上别睡那么晚,熬夜伤眼睛的,你眼睛的度数已经不低了,要吃水果啊!你总是不记得,多喝水才会不容易感冒呢,不能学会抽烟啊,妈妈受不了烟味的,以后有事情脾气记得压一压啊……哥哥,哥哥,你在听我说吗?"

我看到哥哥的眼睛,涌满的,是昨夜我见到的眼神。不哭,我不能哭。努力翘起嘴角,我拿起那个笔记本接着说:"哥哥,这个笔记本是你送我的,现在,我送给你……"然后,我努力漾出一个笑容,说:"哥哥我走了……"然后,转身,慢慢走出门去。眼泪哗的一下子落了满脸,模糊了眼睛,我只有不停地擦不停地擦,好讨厌……

男友很包容我,却走不进我的世界,他总是歉意着无法给我快乐。我想,这是我的错。我的快乐和欢笑,留在了北方的家里。虽然在这里,我拿到了重点大学的学位,有着傲人的前程。然而感情呢?灵魂呢?我孤寂到快要记不得笑的样子了啊,哥哥你知道吗?我走的时候没有回头,来到了南方,辗转不留痕迹地从哥哥的同学那里不断寄给他应该喜欢的东西,小宝的 CD,风铃,文学的书籍,beyond 的海报,木吉他……

只是,我从来没有给哥任何我的消息。午夜梦回时,任泪水哭透了枕巾,爬起来写信,写给哥:

哥我好想你你知道吗?哥,我不能没有你,你知道吗?哥,你真的不要我了吗?哥你还记得我的样子吗?哥,你知道我的现在吗?哥,南方很多雨,可是我没有带家里的大伞呀!哥,你不是说过要永远陪着我的吗……写完,撕掉,坐到天明。

那天和男友逛街,忽然抬头,看漫天飞舞着的风筝。呵,又到这个季节了啊。眼泪没有预感就落了下来,耳边响着那个声音:以后哥每年都陪你放风筝,还背你放!可是那个人,他在哪里啊……我不知道,这是否就是我应有的。如果再重新来过,哥哥还会是这样的选择吗?

哥哥,我的哥哥

赏析／老　张

思念是可以让人断肠的!人世间总有那么多不如意。在一起生活了十六年的兄妹,一夜醒来却没了血缘关系,这不能不说是命运的无常。童年的经历对人一生的影响是巨大的。我们只能感叹命运的捉弄。

我们感谢作者真情的流露,读过此文我不由得也替作者想念她的哥哥!

在文章的高潮处,作者那种撕心裂肺的呼喊让我们没有理由怀疑她的真实情感!通过一系列高超的写作技巧,为读者展示了一幅真实的画面。

　　紫荆树好像在对我们说,同根生长的根茎、树干和树梢怎么能分割开来,它们都是大地母亲养育的啊。兄弟之间的感情,好像一棵树一样,是血脉相连的,割舍了哪一部分,都会枯萎,只有相互关爱,才会长得更加繁茂。

手足情深

圣诞节的巡逻兵

　　山海能阻隔彼此，却阻隔不了我对你的思念；距离能拉开你我，却拉不开真挚的友情；时间能淡忘过去，却忘不了永远的兄弟姐妹之情。

　　当阳光还没爬上布满蔓藤的篱笆，我那迫不及待的红玫瑰早已缀满了你的窗台。让它带给你我最真挚的祝福：祝兄弟姐妹幸福快乐。

我不知道，今夜，我给妹妹的礼物是什么颜色；我也不知道，那个让我梦想多年努力多年的愿望，我是否有勇气去实现它。

礼 物

● 文/拖 雷

我也不知道，那个让我梦想多年努力多年的愿望，我是否有勇气去实现它。

自从母亲离开我们后，妹妹便在我的生活中充当了母亲的角色：按季替我购置衣物，每周一个问候电话，每月一次邮寄生活费、食品……在她看来，我这个二十七八岁研究生快要毕业的兄长，从来没有离开过校园，不谙世事，是需要格外照顾的。妹妹固执地认为，在没了母亲后，她应该继承母亲那颗温厚之心，伴我走过人生的坎坎坷坷，使我任何时候都不缺少爱与关怀。

妹妹极希望我有一个女友，如常人般恋爱、结婚、生子。可我的爱情鸟至今尚未来到。妹妹在电话里不平又无奈地说："哥，你那么优秀，那么善良，为啥你身边的女孩子就看不出呢？我要不是你妹妹，一定会嫁给你的。"

我无言地手握话筒，眼里涌出了泪水，不是自怜，是感谢与感激。我在想，我能拿什么作为回报呢？妹妹是不需要回报的。她说过，只要我过得好就是她的幸福，也是九泉之下母亲的幸福。我想，我只能以心怀感激、学业优异来回报关心我的亲人了。我向往博士、向往求学生涯的最后辉煌。

我憋足了劲，夜以继日地苦读，勤勤恳恳地写文章、发文章。终于有一天，所里研究生部秘书告诉我，我提前攻读博士学位的申请已经批下来了，师从复旦大学三大杰出教授之一的章培恒先生研究中国文学。多年的梦想在刹那变成现实，第一个想告诉的人就是妹妹。正巧，妹妹的生日就是这一天，何不以此消息作为一份特殊的礼物送给她呢？

在夜里十点钟我拨通了电话，向妹妹道了声生日快乐后便大声宣布："我要读博士了，导师很有名。"

妹妹在那边愣了一下，问："你要读博士？"

我告诉了她提前攻博的事，妹妹沉默了一会儿，说："哥，我真的不希望你再读下去了。"

"为什么？读博士不是很好吗？"我不解地问。

"你读博士会很清苦，很累，你身边没人陪，你会活得太寂寞。我马上就要结婚了，我不知道婚后还能不能像从前一样照顾你。"妹妹幽幽地说。

我的心颤抖起来。我一下明白妹妹谈了几年恋爱而迟迟不结婚的原因。上次电话里她说准备明年夏天结婚。明年夏天，如果不提前攻博，正是我研究生毕业。这些年，我不知不觉间拖累了妹妹，她却从来没在我面前说起自己的心思。

"我不需要照顾。我一个人能过得很好。"我说。

"你真想读？"妹妹问。

"想读。"我犹犹豫豫地答。

"那你就安心读吧！我暂时不结婚，等你博士毕业。"妹妹语气平静地说。

"你千万不要这样，你这样做会叫我一辈子不得安宁。别担心我，我能行。记住，你年纪不小了，抓住属于自己的机会。你要因为我不结婚，你就是糊涂虫，就是大傻瓜！再说一遍，不管别人，先管好自己。"我在电话里大吼大叫起来。

"你是我哥哥，我怎么忍心抛下你不管？我不能让你一个人心如飞蓬般地活在这个世界上。母亲知道了，她会在地下责怪我的。"

电话那边，妹妹已泣不成声。

深夜,泪水沿着鼻翼潸然滑落。我不知道,今夜,我给妹妹的礼物是什么颜色;我也不知道,那个让我梦想多年努力多年的愿望,我是否有勇气去实现它。

装满爱的礼物

赏析／赵明殊

哥哥为什么觉得没有勇气去实现愿望呢?哥哥把自己的愿望当成礼物送给妹妹,却发现,实现梦想,妹妹就要牺牲掉幸福。哥哥怎么会有勇气去实现自己的梦想呢?

故事以"礼物"为题,不仅仅是写哥哥送给妹妹的礼物,其实也写出了妹妹送给哥哥的礼物——关爱。为了支持哥哥,她一直在付出与牺牲着。妹妹多伟大啊!这样一份礼物,只有我们至亲的亲人才能送出。现实生活中,为了我们健康、快乐地成长,很多亲人放弃了自己喜欢的工作和舒服的生活,他们是我们的爸爸妈妈,爷爷奶奶。但他们一点儿怨言都没有。为什么呢,读了这个故事,我们就知道了,那是因为他们爱我们,他们心甘情愿为我们付出一切。

这份爱是我们一辈子都难以回报的。

因为它更像是生活的真相：许多失望、更多坚持、无数的始料不及最后是峰回路转的惊喜。

小 鞋 子

● 文/佚 名

小哈里取回为妹妹修理的小鞋子时，不慎将这双妹妹仅有的鞋子丢失了。为了免除父母的惩罚，他央求妹妹与他达成协议：每天妹妹上学时穿他的鞋子，然后下学后再还给他去上学。于是兄妹仅有的这双鞋子每天就在两个人的脚上交换着，能够找回丢失的鞋子或者再拥有一双鞋子的渴望在两颗稚嫩的心中与日俱增地堆积着，因为他们既要逃避父母以及迟到可能带来的惩罚，又要承受换鞋带来的种种不便，还要躲避对于他人鞋子的羡慕所带来的折磨。哈里试图和父亲去城里打工挣钱，父亲却意外受伤，花去了本来答应给妹妹买鞋的钱治病。后来，哈里看到全市长跑的通知时，终于哀求老师批准他参加比赛，因为比赛季军的奖品里有一双鞋子。在比赛中，哈里奔跑着，他的眼前晃动着妹妹放学后奔回来与他换鞋以及他换好鞋后奔向学校的脚步，他要取得胜利，他要获得那双鞋子，他在奔跑，在极度疲劳中奔跑，后来他跌倒了，为了胜利，他又不顾一切地爬起跑向终点并在混乱中率先撞线。当人们向小冠军表示祝贺时，哈里抬起的却是一双失望的泪眼。回到家里，哈里把长满水泡的脚泡在院内的池中，一群鱼向他游来。而此时，他的父亲正在回家的途中，在他的自行车上，放着买给哈利和妹妹的新鞋子。

哈里的眼睛

这双眼睛充满了倔强和忧郁,还有不属于这个年纪的成熟。这双大大的深沉的孩子的眼睛深深地感动了画面外的每一个人,而透过这双眼睛,还有另外一个人的目光,这是导演马基德·马基迪的。他的目光如此温和、悲悯,他注视着哈里,在他的视线里,有的是深深的怜惜。他讲述一个关于追寻的故事,却完全没有成人的故作姿态。不像时下媒体所说的那样:弯下腰来和孩子对话,他用的就是孩子的视角。这里没有廉价的同情,没有所谓的尊重,一双小鞋子的背后,是哈里不懈的努力。那双大眼睛也就成了伊朗电影的一个经典形象。

两个在贫困中挣扎的孩子,一双小鞋子,是他们全部的梦想。为了得到鞋子,要经历挫折、烦恼、困惑还有跌倒后一次又一次的爬起,这样的过程是每一场人生里都要经历的啊!所以,也许我们该问问自己:也许你没有丢失过小鞋子的经历。可你不是和哈里一样执著地追求着什么吗?那,就是你的小鞋子啊!

大胆的结局

哈里得到了冠军,可是没有人了解他想得的是季军,这一不小心得到的冠军让他感受到的是失败。他只想要得第三名,因为只有第三名的奖品才是鞋子。当他一次次跌倒爬起的时候,他想的只是一双鞋,如果不是现场的混乱,他不会提前撞线,成为冠军。这,不是他想要的结局。所以,在人们的喝彩声中,冠军哈里抬起的是一双盈盈的泪眼。回到家的哈里,发现自己和妹妹惟一的一双鞋子已经完全破了,他把自己满是水泡的脚泡在水塘里,几条鱼游了过来,亲吻他的脚。男孩的梦想全部破灭了。

这样的结局是大胆的。我想在很多二三流的导演那里,一定会变成哈里诉说自己的不幸,告诉人们自己的要求,于是,全校师生被哈里感动,大家把大红花和两双崭新的鞋子挂在他的脖子上。告诉人们要像哈里字习。

天才的导演没有这样安排,他让失望的哈里默默承受着对他来说惨痛的失败——和理想失之交臂。

而父亲正在归来的途中,带着给他和妹妹的新鞋子。惊喜就要开始了,在观众的期待中,电影结束了。

这样温情的结尾是我们能记住的。因为它更像是生活的真相:许多失望、更多坚持、无数的始料不及最后是峰回路转的惊喜。

每个人都有的小鞋子

赏析／赵明殊

哈里想送给妹妹一双小鞋子,哈里做了很多尝试,和爸爸一起去城里打工挣钱,参加市里的长跑比赛。可惜,每一次,哈里都在接近希望时,眼睁睁地看着希望破灭。

兄妹俩只有一双小鞋子,这样的生活经历,是我们大多数人不可能拥有的。但是我们都有自己想要的"小鞋子",也就是梦想。可我们在实现梦想的过程中,总是轻易丢掉自己的"小鞋子",我们缺的正是哈里对梦想的执著。

生活是公平的,许多努力后,结果不一定是我们想要的,但是,我们应该相信,付出了总是有收获的。

圣诞节的巡逻兵

感动系列

萤 火 虫

● 文/[日本]安房直子 译/彭 懿

这会儿，正是车站掌灯时分。

山里车站的灯光，是熟透了的柿子的颜色，稍稍离开一点距离远望过去，便会让人突然怀念得想哭。车站上，长长的货车像睡着了似的，就那么停在那里，已经有一个小时没有动了。

从刚才开始，一郎就倚在沿着铁道线的黑糊糊的栅栏上，看着那列货车。那关得紧紧的黑糊糊的箱子里，究竟装的是什么呢？

一郎想起了上次村里演艺会上看到过的变魔术的箱子。变魔术的箱子，一开始是空的，但再打开的时候，飞雪似的落花却飞舞起来，还撒落到了观众席上。

"不得了，哥哥。是魔法啊！"

那时，妹妹茅子抓住一郎的胳膊，发出了尖叫。

"哼，什么魔法呀，里头有机关哪！"

一郎像大人似的扭过脸去。可茅子已经对魔术着迷了。

"我要那样的箱子！"睁着一双出神的大眼睛，茅子嘟囔道。

昨天，茅子流露出和那时一样的眼神，去东京了。她穿上崭新的白衣服，坐着黄昏的上行列车去东京的婶婶家了。茅子过继给婶婶家了。

"哥哥，再见！"茅子在剪票口那里轻轻地挥着小手。看上去她像到邻镇去玩的时候一样蹦蹦跳跳，但那句"再见"里，却带着一种寂寞的余音。

"茅子,好好地过……"

妈妈正了正茅子的帽子。村子里的人都在亲切地和茅子话别,但一郎却呆呆地伫立在那里,看着扎在妹妹白衣服后面的大丝带。

扎成蝴蝶结的白色丝带,渐渐地远去了,被"吸"到了客车里。然后,列车咣当晃了一下,滑行似的离开了车站……

这会儿,一郎目送着长长的一列货车,像昨天的客车一样,慢慢地离开了车站。

睡了一个晚上爬起来,直到黄昏降临,一郎这才知道惟一的一个妹妹,已经真的去了远方,再也回不来了。

往常这个时候,一郎总是和茅子两个人一起,等着妈妈的到来。五岁的茅子,总是肚子饿得直哭。一哭起来,连一直抱着的木偶人、布娃娃都扔掉了。一天天就这么守着妹妹,真叫人受不了,一郎想过多少次了呢……然而,没有了茅子的黄昏,就更叫人受不了了。黄昏一个人就这么抱着膝盖,呆呆地坐在洞穴一样的屋子里,也太可怕、太寂寞了……

蓦地,胸中涌起了一股莫名的悲伤,一郎泪眼汪汪了。

当长长的货车终于离开了车站之后,那边一个人也没有的站台上,落日的余晖缓缓地移动着。种在站台上的美人蕉的花,还闪耀着微弱的光。

这时,一郎在站台中央,看见了一个奇怪的东西。

是行李。

是谁忘在那里的一个大得惊人的白皮箱。它一定很昂贵吧,紧锁着的银色的锁具,像星星一般闪闪发光。

"是谁的行李呢?"

一郎轻轻地嘀咕了一声。

就在这时,他看见了一个直到方才为止都没有进入眼帘、意想不到的人。

皮箱上,端坐着一个身穿白衣服的小女孩。就像停在一株大树上的小鸟,又像是一个花骨朵儿。

女孩晃动着两条腿,看上去像是在等谁。

突然,一郎觉得好像是见到了茅子。这样说起来,那个女孩的头发,什么地方是有点像茅子。那两条腿晃动的样子,那一穿上外出的衣服,就装得一本正经的样子,也让人联想起茅子。和小小的茅子一起度过的那些日子的酸甜的回忆,在一郎的心中悄悄地蔓延开了。

可那个女孩到底是在等谁呢? 站台上早就没人了。再说,也没有新列车到来的迹象。小小的女孩像是被忘记了的木偶似的,一动不动地坐在皮箱上。

一郎想:她不会是一个被人遗弃的孩子吧?不会是走投无路的母亲,把她和行李一起……不不,母亲搬不动那个皮箱……要不就是对孩子头痛了的父亲,把她丢在这里不管了。也许说不定,皮箱里头装的是女孩的替换衣服、点心、玩具和写着"拜托您了"的纸条。

是的,这是报纸上常有的事。但是,在这样一个山里的车站,是不大可能发生这种事的。

四下里天已经相当黑了,车站的灯光看上去更加明亮了。

一郎有一种感觉,仿佛是在一个不可思议的剧场里远望着不可思议的舞台。在橘黄色的聚光灯的映照下,那女孩也许就要开口唱歌了。

刚这么一想,女孩就从皮箱上轻轻地跳了下来。接着,就飞快地打开了皮箱……

皮箱一下裂成了两半,从里头飞出来的——啊,竟然是飞雪似的落花!

比演艺会上的魔术还要神奇,而且还要瑰丽无比……是的,那飞雪似的落花一飞上昏暗的天空,马上就像星星一样闪烁放光了。

是萤火虫。

皮箱里装着满满一箱子的萤火虫。

萤火虫成群结队地飞过铁路线,一边一闪一闪地闪着光,一边向着一郎的方向飞了过来。随后,一郎就激动起来,摊开双手唱起了歌:

"萤——萤——萤火虫！"

萤火虫的光化开了，变大了，每一个里头都浮现出了茅子的身姿。有笑着的茅子，有唱歌的茅子，有睡着的茅子，有生气的茅子，还有哭鼻子的茅子……

数不清的茅子，晃晃悠悠地渐渐远去了，向着东京的方向流去了。

很快，它们就像远远的城市的灯火一样了。那就是茅子住的城市，霓虹灯还在闪烁、有高速公路的城市，连地面都是雪亮的城市……

"嗨——"

一郎不由得奔跑了起来。到了那里，就能见到茅子，就能见到茅子了……他这样想着、奔着。

然而，不管怎样没命地奔，也追不上那片蓝色的光。

萤火虫们朝上，朝上，朝着天上飞去了，不知从什么时候起，一郎已经是奔跑在满天的繁星之下了。

荧光中的爱

赏析／赵明殊

妹妹被过继给婶婶了。以前，不管生活多么穷困，兄妹在一起总是很快乐，现在，两个人分开了，一郎很想念妹妹。因为思念妹妹，一郎走到哪里，都会想起和妹妹在一起的情形。妹妹走了，把哥哥的心也带走了。

这样的情感我们都曾有过，表哥、表妹或爸爸妈妈同事的孩子来串门，分别时，我们总是很舍不得，但我们还可以与他们通电话，或相约再次见面。而可怜的一郎最后只能在漫天的荧光中幻想妹妹的容颜，释放他对妹妹的爱。所以，我们更要珍惜我们的生活、朋友、亲人，有人陪伴多幸福。

白桦树,求求你,给我妹妹一双明亮的眼睛,她渴望光明,渴望幸福!

白 桦 林

●文/邬 迪

时间:星期天晚上

地点:眼科医院后院　大海

人物:哥哥(盲人)十三岁　妹妹(盲人)十二岁

(妹妹扶哥哥上场)

哥哥:妹(停顿两秒)我们来到哪儿了?

妹妹:这里好像是眼科医院的后院吧!(猜测地说)

哥哥:这里的空气真好,好新鲜哟!(露出笑容)

妹妹:嗯,我们找一个地方坐下吧!(妹妹双手触摸到了一张长石凳,把哥哥扶到那儿坐下)

哥哥:待会儿我就要揭纱布了,我这一生的愿望就能实现了!我的眼睛就能看见了,看见你(朝妹妹的方向望去)看见大自然,看到整个世界!我想,你一定很漂亮吧,对吗?

妹妹:(嘟一下嘴巴)才不呢,我也不晓得我长什么样呀!啊,不,(说话速度加快)我长得很丑的,你见了我一定会吓一跳的。

哥哥:你一定长得很漂亮,妹,我长得怎么样呀?你哥我从来也没有看见过自己,连自己长得什么样都不知道,你告诉我好吗?(满脸疑问地朝妹妹的方向望去)

妹妹:(思考了一会儿)哥,在我心中你长得最好看了,白白的皮肤,一双葡萄似的眼睛,一个高高的鼻梁,还有一个大大的嘴巴,真的

很帅！(甜蜜地笑了笑)

哥哥：是吗？我真的那么帅？(有些吃惊)真的这么好看？如果我能看见，我第一个想看见的就是你，你一定是最美丽的女孩！

妹妹：哥，你是说笑的吧？

哥哥：才没呢。(认真地说)对了，妹，医院的后院一定很漂亮吧，你能告诉我，我们周围是怎么样的吗？

妹妹：嗯？(又想了一下)好吧！(略带着微笑)在我们的前方，是一块绿油油的草地！(用手指着前方)

哥哥：草地！(笑着，非常高兴)

妹妹：在我们的左边，有几棵又高又大的榕树，在树下，还有几个小朋友在那儿做游戏，他们玩得真开心！(用手指左边)

哥哥：大榕树！还有好多的小朋友在那儿玩。等我的眼睛好了，我们和他们一起玩！

妹妹：在我们的右边，有一片竹林！(手指着右边)

哥哥：竹林！(天真的笑容)

(妹妹慢慢地扶着哥哥，两人站在椅子上)

妹妹：快看呀！在好远的地方，有很多山，山上长满了树，五颜六色的花，一碧千里的呀！(眼睛里充满了向往)

哥哥：是吗？真的很漂亮？我揭开纱布一定要好好看一下。妹，我要去揭纱布了，你在这儿等我，我马上回来。(哥哥朝妹妹说，接着摸黑下场)

妹妹：(一边摸索着椅子一边坐下来)我哥真是的，他第一个看见的，一定是医生，怎么会是我！(天真的笑容，甜美的)

(片刻，哥哥上场，在寻找着妹妹，妹妹此刻一个人坐在椅子上)

哥哥：妹！(问观众)你看见我妹了吗？这么晚了，我妹呢？妹……

妹妹：哥！(轻声地说着，声音很温柔，摸黑寻找)哥，你看见了吗？(眼睛闪着泪光)能看见我了吗？(摔倒在地，伸出手向前摸索)哥，你在哪儿？我看不见，扶我一把吧！

哥哥：(惊呆了)妹，你怎么了？你的眼睛一直……(速度放慢)

妹妹：哥，妈说我是女的，干不了什么事，没有那么多钱治我的眼睛，就先治你的了。（流下了眼泪）

哥哥：（上前扶）妹，我对不起你！我不知道你也看不见，我还要你照顾，哥对不起你呀！（伤心的表情）

（哥哥把妹妹扶好，两人坐在地上）

妹妹：没关系。（朝哥哥幸福地笑着）哥，你能看见，我就很高兴了，这不仅是你的心愿，也是我的心愿呀！现在终于实现了，我哥能看见了！哥，你能不能告诉我，我们身边到底是什么样子的？刚才我都是瞎说的！（渴望地说）

哥哥：妹，（抬头望着天）这里的天特别的高，就是因为有你，妹，在我们的头上，有好多的星星！

妹妹：星星？（疑惑地朝哥哥的方向望去）哥，我没有看见过星星，你能告诉我吗？

哥哥：星星在顽皮地眨着眼睛，一闪一闪的，很亮，（很开心的样子）它们在看着你，因为你很漂亮！在我们的前边是一片白桦林，有好多白桦树呀！（露出了笑容）

妹妹：就是树干上长着"眼睛"的白桦树？（疑惑地问）

哥哥：对，就是树干上长着"眼睛"的白桦树，好绿呀！好美呀！（陶醉的表情）

妹妹：真的吗？真的很美吗？我真想看见它，看见那长满"眼睛"的白桦树！（眼睛里充满了企盼）

（哥哥扶着妹妹站在石椅上）

哥哥：啊！（惊喜地喊着）在白桦林的后面是大海，一望无际的大海！

妹妹：真的吗？我好想看见大海，听听大海的呼啸，看看海鸥在海上翱翔！（表情更加的突出女孩对世界的渴望）

哥哥：妹，我带你去一个地方！

（两人来到了海边，坐在海边的石凳上）

妹妹：哥，我长得怎么样？我从来没有看见过自己，也不知道我长得什么模样,告诉我好吗?

哥哥:好的。你长着一双又黑又亮的眼睛,一个小小的鼻子,还有一个樱桃小嘴,真的很漂亮!真的很美丽!(赞叹地说)

妹妹:哥,(停了停)你下辈子想当什么?

哥哥:我下辈子想当一棵白桦树,(重音)因为白桦树有很多"眼睛"。如果我是白桦树,(天真地想着)我会把我的"眼睛"送给失明的人,让他们都能看见自己的亲人,看见蓝蓝的天,绿绿的草,红红的花,青青的树,(停顿)还有那长满"眼睛"的白桦树。我还要把"眼睛"送给我的妹妹,让她也能看见我,看见蓝蓝的天,绿绿的草,红红的花,青青的树,还有那长满"眼睛"的白桦树,看见大海,看见海鸥翱翔。在正常人眼中,花儿、草儿、树儿是多么的平常,但在我妹妹眼中,却是多么的陌生,她从来也没看见过一点东西,她是多么的可怜,她想读书,她想和正常的孩子一样,在教室里接受教育!她向往光明,向往幸福。(此段向往地说,带着浓厚的感情)

妹妹:哥(拉长着音),我一直好想看见你,看见你的模样。在我心中你是最好看的,是最好的人,是这个世界上对我最好的哥哥。(抽泣着)

哥哥:妹,我们来画眼睛,画好多好多的眼睛吧!

(来到沙滩,哥哥扶着妹妹的手,两人蹲下,画眼睛)

哥妹:一个,两个,三个,四个……

妹妹:我们要画好多好多的眼睛,送给失明的人。

(两人连续地画着眼睛,一边画一边数着,片刻)

哥妹:好多的眼睛呀!

哥哥:妹,快听,海浪的声音,涨潮了!海要把眼睛送给失明的人!妹,海多么的漂亮,好美呀!

(哥哥扶着妹妹,两人站在海边的石椅上,两人呼喊)

妹妹:白桦树,我想要眼睛,我想看见我哥哥!

哥哥:白桦树,求求你,给我妹妹一双明亮的眼睛,她渴望光明,渴望幸福!白桦树,给我妹妹一双明亮的眼睛,白桦树……

哥妹：啊……（两人流下了眼泪）

（呼喊，全剧完）

最明亮的眼睛

赏析／赵明殊

因为家穷，一对盲兄妹，只能有一个人得到医治。这个人是哥哥。

我们玩游戏的时候，试过眼睛被蒙上，在黑暗中四处摸索的感觉。那种感觉，一会儿还好，一辈子，怕是要疯掉。可是妹妹很平静地接受自己黑暗的未来，对父母的选择一点都不抱怨，她真心替即将看到光明的哥哥高兴，还安慰、帮助刚刚做过手术的哥哥。妹妹的眼睛就像白桦树上天然的大眼睛，虽然看不见美丽的风景，但最明亮，最清澈，最温暖，最美丽，最宽容，最无私。

生活中，当幸运不能降临在我们头上时，我们应该问问自己：能不能像妹妹一样，乐观、大度地面对现实？

从起点到终点的那一条线,是亲情,一端系着她,一端系着表哥。

喜剧兄妹

● 文/瑶 票

现在是晚上十点,我听见窗外雨声滴答,分外静谧,可我的心中却无法平静,我下意识地催促自己必须写些什么,因为受到了极大的触动的关系,而这触动全来自于我的哥哥戴毅(他并非我的亲哥哥,而是表哥)。他长我五岁,今年上大二了。

我们真的是从小玩到大,无话不谈,和他共同度过的时光总是那么的快乐而短暂。听妈妈说,我还在她肚子里的时候,哥哥就设法与我玩耍了。他时常摸摸妈妈的大肚子,猜测未来妹妹(或是弟弟)的模样,又会贴着耳朵试图感应我的一举一动。妈妈当时就嘱咐哥哥说:"以后妹妹(弟弟)出来后,一定要好好待她(他)。"哥哥很兴奋地答应了。

我还没有记忆的日子,是和哥哥住在同一屋檐下的。一幢两层的老房子,他和姨父姨妈住楼上,我们一家住楼下。照片为证,哥哥几乎与我形影不离。我们一起玩扮家家,他做爸爸,我做妈妈,洋娃娃做孩子。有时候我们把一大堆小人书堆成一座"山"(我人小,所以当时对我来说已经很高了),我们就成天爬上爬下的,看起来很傻,当时却玩得不亦乐乎。

后来,因为住房条件改善了,哥哥一家搬走了,可离我们并不远,于是常常晚饭后,我就缠着父母去散步,因为我知道他们走着走着,就有可能走到哥哥家门口了。那时哥哥读小学,我上托儿所,是他教我什么是贴纸、什么是头花。说起头花，特别值得一提，那天我去哥哥家玩，他说带我去小花园探秘，我就跟着去了。他怂恿我爬上一个大花坛，我突然看见一根树枝上缠着一条吊兰状的红色头花，欣喜若狂，仿佛真发现了宝藏似的，哥哥在一旁嘿嘿笑着说："来，我帮你戴上，你运气真好，第一次探险，就有收获！"其实，我后来才知道，那是哥哥放学后买了故意抢先一步缠上去的，只不过是为了让我更开心一些，才煞费苦心。就在那段时期，哥哥和我发明了好多独创的娱乐节目，比如把人家信箱里的报纸挨家挨户送到他们的房门口（当时信箱没有锁）；又比如我们把竹叶的芯抽出来，铺开后在上面写上大吉、大凶等等，抽到凶的话，哥哥就会装成鬼的样子来吓唬我，真的很可怕。直到今日，他装成狮子来吓我，我也会很不中用地被吓得红起了眼眶。那时候，外婆家门口有一棵枸杞子树，我们常常去采那些红彤彤的枸杞子，哥哥会很迅速地折下果实最丰硕的树枝，递给我，我就蹲在一旁傻傻地把枸杞子一颗颗拔下来，可摘下来之后怎么处置，就记不太清了。

后来，我们的表妹诞生了。

后来，我也上了学，可从来没有间断过与哥哥的亲密玩耍，花样不断翻新。我们甚至还模仿电视里的小品，自编自导自演给大人们看。

后来，妹妹也长大了，上了幼儿园。我们三个人就成了死党。外公当时在大学里工作，我们三个人寒暑假里常去外公的大学里寄宿。校园很大，外公给我们找来一辆黄鱼车，哥哥居然饶有兴致地载着我和妹妹满大学地逛。能想象吗？有多少大学生向我们投来不可思议的目光，他们一定看呆了：哪来的三个野孩子，跑到象牙塔里来胡闹！现在想来多丢脸啊，可当时只觉得哥哥无畏，我们又有什么好怕的？何况我们早已乐不思蜀了。尤其是哥哥会时不时朝我们狡猾地一笑，然后把龙头一歪，车正撞向花坛，他却身手敏捷地跳下车了，我和妹妹就一惊一吓地吃了个"弹簧屁股"。当然他是在绝对确保我们安全的情况下才这样做的。他笑得更加张扬，还美其名曰"共度好时光"！我和妹妹也傻得可以，居然一点也不生气，反而笑得比他还夸张。

后来我搬家了，没过多久哥哥也搬家了。我们都住进了新公房，相隔得很远。可上天却很体贴地给我们行了个方便：有一路公交车，它的两个终点站，一个在我家门口，另一个就在哥哥家门口，这个巧合被哥哥津津乐道，事实上，这些巧合一直在延续。再后来哥哥又搬一次家，竟又有一路车连接着我们的家。这种方便给了我们频繁见面的理由，假期里，我们常交替着上对方家小住。我们聚在一起的时候总给家长添不少麻烦，因为我们玩得太疯狂了，每每都会把家里弄得七零八乱。我们常常在床上用枕头、毯子丢来丢去打架，再不就互相搔对方痒。那种玩闹，常常笑得我喉咙都哑了。

哥哥上了高中，我也上了初中，我们仍像过去一样玩闹着，不过频率渐渐降低了，他偶尔来一次我家，总长时间地盯着电脑屏幕不放，少有打闹了。往常他住在我家，我们总不避嫌地睡同一张床，同一边枕头，要不是怕我踢被子，说不定还会睡同一床被子。可现在姨妈每晚都要打电话来叮嘱妈妈不要让我们两个睡在一起了。不过哥哥总是很不耐烦地说："别理她！"我们仍然睡一张床，只不过他睡向床头，我睡向床尾。

哥哥上了大学，我上了高中。今年寒假，哥哥要在麦当劳打工，不过他还是抽出时间上我家来小住。可就是这一次，我们在深夜里聊着天南地北的时候，他的身边多了一部手机，耳旁多了几声短信息的打岔。哥哥告诉我，那是他大学里的系花。我愣了一下，我想想也是，哥哥二十岁了，我们在一起玩了那么久，其实我很少静下心来打量过哥哥。他真的很帅，具体点说，是个阳光健康的大男孩。一米八二的个头，晒不黑的皮肤，超发达的运动神经和无人能比的歌喉，身边一定有很多仰慕者，只是从来没听他提过。

我绝不是夸张，哥哥一直效力于学校篮球队，体育成绩向来都是满分，而我这个做妹妹的，却始终在达标线上挣扎着，哥哥的歌喉可以说是独一无二的，他经常会靠近我耳边哼唱流行歌曲，唱谁的歌，像谁的歌。

就是这样一个近乎完美的男孩，陪伴我打打闹闹度过了十几个春秋。上个月我们在一起吃饭时，妈妈问他："你和妹妹的友谊会永远保持下去，是吗？"他点头说："是。"不过，我还是敏感了些，年龄大起来，总是渐渐产生了隔膜。虽然不是很明显，但只要有一点，我也会觉得不安。这也正是我做此文的触动。

现在是深夜十一点半，写到这儿，便要搁笔了。与哥哥的故事七天七夜都讲不完，它们都是喜剧，没有一点点不和谐的音符，以至于完美得让人不可思议。那好吧，就把他当作一个童话故事吧。

亲情是经得起时间考验的

赏析／赵明殊

喜欢表哥带"我"去花园探密；喜欢表哥和"我"堆书山，扮家家，对表哥是完全的信任与依赖，即使扮鬼吓"我"，害"我"从车上摔倒，这样的记忆是也快乐的。表哥是带给"我"快乐的天使。所以即使表哥搬到很远的地方，"我"，也会认为那是一种缘分。从起点到终点的那一条线，是亲情，一端系着"我"，一端系着表哥。离得再远，"我"们也走不散。所以，进入青春期的"我"，虽然也与表哥有点隔膜，但"我"也和表哥一样，认为，"我"们之间的友谊会永远保持下去。因为"我"们都知道，亲情是经得起时间考验的。

　　男孩泪眼模糊："她……她是我妹妹，她从不会偷东西……"

伏天的罪孽

●文/[美]L.海沃德　译/华　星

　　"大热天，真是没事找事。"商场侦探亨利嘀咕着，他的制服已被汗水湿透。一位窄脸妇女正在他面前尖声诉说着什么。

　　真是，丢掉的钱既然已经找到了，就算了呗。可她却不善罢甘休，仿佛站在桌前的这个小男孩真是一个危险的罪犯。亨利思忖着，是的，十块钱对大人也是不小的诱惑，何况对这个穿得破破烂烂的小孩子。"是的，我没亲眼看到他偷钱。"那位太太唠叨着，"我买了一样东西，又要去看另一件货，就把十块钱放到柜台上。刚离开分把钟，钱就跑到这个小贱骨头的手上了。"

　　亨利这才发现桌角那边还有个小女孩。她正用蓝蓝的大眼睛静静地看着他。"是你拿走钱的吗？"亨利问男孩。

　　小男孩紧闭着嘴唇，点了点头。"你几岁了？""八岁了。""你妹妹呢？"男孩低头望了望他的小伙伴："三岁。"

　　在这大伏天里，孩子也许只是为了拿它去换点冰激凌。可这位太太却咬定孩子是窃贼，非要惩罚他们不可。亨利不由得心疼起这两个孩子来了。"让我们去看看现场吧。"

　　男孩紧紧拉着小女孩的手，跟着大人们向前走去。

　　柜台后面一只风扇吹来的风使亨利觉得凉爽了。"钱在哪儿放着？""就在这儿。"太太把十块钱放在柜台上。

　　亨利打量了一下小女孩，掏出几块糖来。"爱吃糖吗？"女孩扑闪了一下大眼睛,点了点头。亨利把糖放在钱上面:"来,够着了就给你吃。"小女孩踮起脚尖,竭力伸长小手,可还是够不着。

亨利把糖拿给小女孩。

太太嚷起来:"我不跟你争辩。难道他们可以逃脱罪责吗?领我去见你的老板……"亨利没理会,他正注视着那十块钱,柜台后面的风扇吹着它,它开始滑动,滑动……终于从柜台上飘落下来。

钱落在离两个孩子几尺远的地方。女孩看到钱,便弯腰捡起来递给哥哥,男孩毫不踌躇地把钱交给了亨利。"原先那钱也是你妹妹给你的,对吗?"

男孩点了点头,眼里涌出委屈的泪水。

"你知道钱是从哪儿来的吗?"男孩使劲摇着头,终于大声哭了出来。"那你为什么要承认是你偷的呢?"男孩泪眼模糊:"她……她是我妹妹,她从不会偷东西……"亨利瞟了一眼那位太太,他看到她的头低了下来。

守护天使

赏析／赵明殊

他八岁,妹妹三岁。在商店里,电风扇把柜台上的十元钱吹到地上,妹妹捡起来递给他,他因此被误会为小偷。但他却不辩解,这是为什么呢?

谜底在侦探的推理下,一点点揭晓,他害怕别人知道钱是妹妹捡起来的,他害怕别人说她妹妹是小偷。他是守护妹妹的小卫士,他虽然还没有足够的力量与能力,但仍固执地以自己的方式保护着妹妹。即使自己受伤害,他也绝不能让妹妹受一点委屈。

每一个女孩的梦里,都有一个这样的哥哥。

他不只是妹妹的守护天使,他是每个女孩梦里的守护天使。

> 责任的背后，是特拉斯对妹妹和母亲的爱，是我们对父母的爱。这种对亲人的爱，让我们在困境中，产生前所未有的勇气。

我必须做英雄

● 译/小 鱼

对于檀咪·希尔来说，二〇〇二年感恩节是个快乐的日子。她开车载着三个孩子——一岁零八个月的特里莎、四岁的特芳妮和七岁的特杜斯，去她的父母家吃晚饭。

这是这个家庭破裂之后过的第二个感恩节。檀咪和她的丈夫阿丹斯两年前离婚了，每天晚上八点，孩子们都会准时接到父亲的电话。

在开车回家的路上，檀咪接到了阿丹斯的电话。她把手机递给了儿子特杜斯。小男孩刚刚说完"拜拜"，电话又响了。由于够不到特杜斯手上的手机，她解开了安全带。当她靠近儿子的手时，卡车失控了。

"我开进了路旁的沟里，车子弹起了两次。"檀咪回忆道，"幸运的是，孩子们都在后面的车座上。我被甩出车窗，立刻就不省人事了。"

这个夜晚乌云满天，没有月亮，也没有繁星。阿丹斯的孩子们的生活就在这几秒钟内改变了。妈妈不见了。他们呆在一条死寂的马路上的一辆卡车里，风从破了的车窗吹了进来，几乎能把人冻死。他们看不见妈妈，也听不到妈妈的声音——她在离车几米远的地方失去了知觉。特杜斯一下子变成了这个家的家长。

"我们动了动，但是被安全带绑着。"特杜斯回忆说，"我解开了安全带的扣子。我有些害怕，但是看到惊慌的妹妹们，我又不是特别害怕了。"

特杜斯小心地拉过毯子,盖在两个小妹妹身上,并告诉她们他得出去求救。他从破了的车窗爬出去找妈妈。可是在一团漆黑里,他什么也看不见。而在离公路几公里远的地方,他看到了奶牛场的灯光。

"特杜斯其实很怕黑,"檀咪讲起了自己的儿子,"每天晚上睡觉的时候,他总是让卧室亮着灯。我很惊讶他会勇敢地爬出卡车。"

"天冷极了。"特杜斯说。那天的天气报道说结了冰,但是他仍然爬了出去。

"他钻过三重篱笆,包括一道电网。"他的妈妈说,"他被划破了耳朵和脸蛋。"

大约二十分钟后,特杜斯到达了奶牛场。奶牛场的工作人员马上拨打911,并带着特杜斯回到了事故现场。

彼得是第一个赶来的警察。"特杜斯太令人吃惊了。"他说,"在这么一场事故之后,他还能准确地告诉我他的妹妹的生日和两三个亲戚的电话号码。我知道他被吓坏了,因为他走到奶牛场对大人讲话的时候声音都是颤抖的。但这个孩子真是令人难以置信,他给了我所有需要的信息。"

救护车迅速把檀咪送到医院,医生说如果晚来一刻钟的话,檀咪就可能失血过多没命了。檀咪一直昏迷了三天,当她苏醒过来后,全美的报纸和电视都对特杜斯在那样危急的关头救了全家的事迹进行了报道。

美国著名脱口秀节目把檀咪一家邀请了过去,在节目上特别采访了七岁的小男孩特杜斯,女主持人问特杜斯:

"听你妈妈说,平时你是很怕黑的,天气那么寒冷,妈妈不见了,是什么力量让你跑了几里路找来救兵的?难道你不害怕吗?"小特杜斯脸红红的,略带羞涩地说:"是的,我当时很害怕,可是我必须做英雄。妈妈不见了,我就应该是两个妹妹的英雄,我必须救她们,救我们的妈妈。我希望我们一家人能够永远快快乐乐地生活在一起……"特杜斯的话一说完,观众席上就响起热烈的掌声,主持人也颇为激动地说:"是的,当我们面对危险的时候,我们都应该成为英雄。"

爱会让人充满勇气

赏析／赵明殊

七岁的特杜斯,在一次交通事故中,克服自己的恐惧心理,成功搬来救兵,做了一次英雄。

生活中,我们经常会碰到类似的情形,爸爸出差了,妈妈生病了。突然之间,我们要做许多我们以前根本做不了的事。这个时候,我们小小的肩膀也能扛起一杆责任的大旗。责任的背后,是特拉斯对妹妹和母亲的爱,是我们对父母的爱。这种对亲人的爱,让我们在困境中,产生前所未有的勇气。有了勇气,我们都能做英雄。

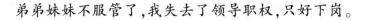

弟弟妹妹不服管了，我失去了领导职权，只好下岗。

"领导"下岗记

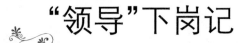

●文/齐浩岩

我一向是弟弟妹妹崇拜的对象，他们对我的话历来是言听计从。我要说一，他俩绝不说二，让他们向东，他们绝不向西。他俩的口头语就是："听领导的，没错！"

为什么我会是他们的领导呢？因为我是家里公认的小才子，我们兄妹三人成立了家庭"学艺公司"，我理所当然是本"公司"的领导。我讲的寓言故事，他俩总是听得如醉如痴；我弹的钢琴名曲，声音悠扬悦耳，总能让妹妹情不自禁地翩翩起舞。

可是不久前，问题出现了。

"弟弟，快来弹电子琴！"我按照惯例，以领导的口吻命令着。

"要弹你去弹，一天只知道命令我。"嗯？要造反呀，看我不给你点颜色瞧瞧！碍于"领导"的脸面，我硬着头皮弹了起来。

弟弟这下可神气了。他在旁边一边打着拍子，一边叨咕着："嗦嗦嗦、啦啦啦……咦，哥哥，你的手指怎么这样僵硬呀？"我顿时涨红了脸，心想：不好！长时间不练习，我的功夫已经"技不如前"了，现在反倒让他给我颜色看了。

好不容易奏完一曲，弟弟又发话了："不错，今天就到这里吧，基本功要提高呀。"我心中愤愤不平，你个小滑头，竟把我平时的训话都用回我身上了。

不跟他一般见识，转身我决定去栽培一下妹妹。

"妹妹,昨天小姨的《百鸟朝凤》舞蹈学会了吗?"我问道,"赶快复习一下,免得一会儿过不了关!"

"哥哥,你压个腿给我做一示范吧!"妹妹一脸天真地说着,并且两腿并成一字形,牢牢贴在地板上。我急忙应付她说:"我不是女孩,不用压腿的。"

"不会不要找借口!"妹妹的小羊角辫儿翘得高高的。这下他们俩像同盟军,联合起来向我开炮。

我急忙招架,马上放出"糖衣炮弹":"呀,哥哥给你们讲个故事吧。"

"又要讲《大灰狼和小白兔》吧!真没劲!哥不能总这样,咱公司该改改了。"弟弟满脸真诚。

"怎、怎么改?"我瞠目结舌,更如鱼刺儿卡住喉咙。

"我妈妈说过,好的可以升职,不好的就得下岗!"妹妹不依不饶一板一眼地说。

弟弟妹妹不服管了,我失去了领导职权,只好下岗。

东郭先生混不下去了

赏析／赵明殊

这是一个没大没小,其乐融融的家庭才艺公司。哥哥是领导,弟弟妹妹是被领导者。

才艺公司毕业是要靠能力吃饭的,所以,当弟妹们的才艺不断在提高,而哥哥还在吃老本时,弟弟妹妹们开始向哥哥的权威挑战。

这个没大没小的家庭才艺公司不一般,领导必须以才服人,否则,员工可以给领导颜色看看。

如果员工不服管,领导直接就被罢免了。哥哥也会被弟弟妹妹们罢免,看来,没有真才实学的东郭先生在哪里都混不下去了。我们,应该努力学习了吧。

人生的路上有平川坦途，但也会碰上没有舟船的渡口，没有小桥的河岸，这时候只能自己摆渡自己了。

哥哥的胸膛是故乡

● 文/张艳萍 夏新武

只要脊梁永远不弯，就没有扛不起的山

——本文主人公的话

二〇〇五年暑假里，《边城晚报》的一位记者从湖南怀化学院路过时，多次看到这样的画面——

迎着边城的晨曦或落日余晖，在怀化学院的运动场上，一个二十多岁的男生牵着一个十多岁的小姑娘的手，或盘坐在草地上，或小跑在跑道上。偶尔，还能听到他们欢快的嬉闹声。

浓浓的亲情扑面而来，这位记者不由得停下脚步。但仔细一看，他发现他们并不像是一对兄妹。那么，小女孩是男生的家教对象吗？记者的职业习惯促使他问个究竟。一打听，他才知道，男生叫洪战辉，来自河南，女孩确实不是他的亲妹妹，但十一年来，都是他一手带大的……

少年胸膛，"妹妹"故乡

洪战辉是河南省周口市东下镇洪庄村人，一九八二年出生。他小学毕业这一年，他家的生活全乱了套。

一九九四年八月底的一天中午，一向慈祥的父亲突然间大喊大叫，瞪着眼睛，砸碎了家里所有的东西。到最后，父亲高高地举起他那惊吓得躲在门边的妹妹，狠狠地砸在地上！

这惨痛的一幕是顷刻间发生的。母亲王秀丽(化名)哭叫着要来抢女儿,父亲一脚就把她踹到了门外。

父亲疯了,母亲骨折,妹妹身亡。十二岁孩子洪战辉的天空在这个夏天里轰然塌陷。

在亲友们帮助下,洪战辉哭别了妹妹,与亲友们把父亲和母亲送进了医院,再走进了中学课堂。三个月之后,母亲出了院,父亲间歇性精神病的病情得到了控制,但家里背上了沉重的债务。就在这种状况下,洪家另一件事发生了。

这年农历小年,一早起来,洪战辉没有看到父亲,他暗叫一声"不好",忙告诉母亲。母亲一听,也急了,将近过年了,如果他又跑到外面骂人打人招惹麻烦怎么办?母子俩速去村庄内外寻找。直到临近中午时,他们才在离村庄约十里地的一棵树下找到他。令人万分不解的是,此时的父亲,怀里却抱着一个婴儿——他解开了棉衣,将婴儿包着,眼里重现了一位父亲久违的慈祥的光芒。这是谁家的孩子啊?他又是从什么地方抱来的?王秀丽小心翼翼走上前,从丈夫手中接过了孩子。这时,她在孩子的贴身衣服上找到了一张纸条,纸条上写着:无名女,农历一九九四年八月十八日生,哪位好心人如拾着,请收为养女。至此,王秀丽才明白:看来,这真是个弃婴了!

父亲从哪里抱了这个弃婴,当时是个谜,洪战辉与母亲也没去打听。鉴于当时的经济窘境,王秀丽寻思要把孩子再找户人家送去。

当天下午,母亲要洪战辉帮忙照顾女婴。洪战辉一抱上小女孩,小女孩就直往他怀里钻,一股怜爱之情陡然涌上他的心头。他觉得,分明是夭折的妹妹回来了!到了夜里,妈妈一定要他将孩子送到另一户人家。他无奈地打开门,抱着孩子在刺骨的寒风中走了一段路,却怎么也不忍心将这孩子弃于黑暗之中。他折身回到家中,坚决地对母亲说:"不管怎样,我不送走这位小妹妹了……你们不养,我来养着!"见儿子这样坚决,王秀丽也只好同意将孩子留了下来。

这女孩,洪战辉给她起名为洪趁趁,小名"小不点"。

"小不点"的到来,让父亲安定了一段时间。然而,他毕竟是病人,一旦没有药物维持,他就不可抑制地要狂躁。除了不砸"小不点",家里任何东西包括碗筷,他见什么砸什么。当没有任何东西可砸时,他的拳脚毫不留情地落到了与他患难与共多年的妻子身上。可怜的王秀丽身单力薄,哪里承受得起他的拳脚?她身上常是旧伤没好,又添新伤。不仅经常被打,一家人的生活重担还完全压在她的身上……

洪战辉真担心母亲总有一天会承受不了啊!

这种担心在一九九五年的秋天成为事实。八月二十日,洪战辉看到,母亲在中餐之后,一直在蒸馒头,直到馒头足可以让一家人吃一个星期之后,她才停了下来。母亲做这么多馒头干什么呢?洪战辉很纳闷。直到第二天早上不见了母亲,洪战辉才什么都明白了!

洪战辉哭着在周边村落寻找母亲,但他怎么也没找到。想到家中"妹妹"嗷嗷待哺,他放弃了寻找,天黑前回到了家中。

回到家中,抱着"妹妹",坐在冷清的房间里,洪战辉的眼泪流了下来。母亲走了,父亲是病人,刚刚才一岁的妹妹怎样才能带大啊!久坐之后,洪战辉终于明白:既然一切已无法改变,那就承载吧。

承载并且前行,就这样将"妹妹"带大

洪战辉心里这样想,但他自己还是一个十三岁的孩子,哪来抚养孩子的经验?并且,他还得上学啊!

首要的难题就是"小不点"的吃。于是,每天一早,在"小不点""哇哇"不停的哭声中,手足无措的洪战辉只好抱着孩子去求附近的产妇们。天天讨吃也不是办法,洪战辉后来千方百计筹钱买了一些奶粉。不过,奶粉的喂法,也得靠产妇们教。喂奶时,他知道温度应该适宜,考虑到自己用口吮吸不卫生,他就将调剂好的奶水先倒点在手臂上,感觉不冷也不烫了,他才喂她。吃饱了的"小不点"很听话,洪战辉只要上学前和中午及时回来喂奶两次,她也并不哭闹。难熬的是晚上,也许是因受了惊吓,每到夜深,"小不点"就要哭闹一场。这时,洪战辉毫无办法,他不知道怎样哄她。只是抱起她来,拍打着她,在屋里来回

走动……

一九九六年春节后不久,"小不点"得了严重的肠炎。在连续二十多个日子里,洪战辉都奔走在卫生院的路上。

这时,洪战辉还得时时注意父亲的病情。为防意外,每一个夜晚,他都将"小不点"放到自己的内侧睡着。

洪战辉挺直少年的脊梁承载着并且前行。一九九七年,"小不点"三岁了,洪战辉也顺利地完成了初中学业,成为东小镇中学考上河南省重点高中西华一中的三个学生之一。

要上高中了,洪战辉这才发现自己面临着新的一系列难题。钱从哪来?"小不点"又怎么带?西华一中离家五十多公里路,再也不能像上初中一样天天回家,而带"小不点"上高中也不是办法。思来想去,洪战辉觉得现在只能将妈妈找回,万一找不回妈妈,就只得将"小不点"送回她亲生父母身边——"小不点"的来处,已有好心人悄悄告诉他了。

暑假里,再次开始了他的寻母之旅。十多天后,一位好心邻居告诉他,她曾在石羊一次"赶会"时见过他妈,估计就在那周边。洪战辉听了大喜,一大早就骑车赶了过去。三个多小时后,他终于到了石羊,并且在向路边一人家询问时竟真撞见了母亲。骨肉分离,已是一年,惊讶万分的王秀丽见了儿子,一把抱在怀里,放声大哭起来,但是哭过之后,当儿子恳求母亲回去时,母亲却亮出身上被他父亲殴打而致的累累伤痕,使劲摇着头……

高中是肯定要上的,洪战辉横下心想,母亲不回,那就只好送"小不点"回家了。

次日,洪战辉就给"小不点"洗了个澡,换了套干净的衣服,带她去西华营镇赵家村——这里,就是"小不点"父母所在的村庄。三岁的"小不点"坐在自行车前面横架上,并不知道"哥哥"要带她去哪儿,一路开心地笑着,洪战辉的心中却五味杂陈,他想起妹妹襁褓中绽放的笑容,越想越舍不得与她分离。到后来,"小不点"与她亲生父母团聚了。令洪战辉深为不解的是,"小不点"的妈妈搂着"小不点"哭成了一个泪人,却怎么也不认定"小不点"就是她的女儿。"扯"了半天之后,洪战辉决定忍痛放下"小不点"离开。而"小不点"却蹒跚着扑在他怀中,哭闹着"我要回家……我要回家"。

还说什么呢?他知道,自己这一生,再也无法与"妹妹"分离了!

离开"小不点"父母家时,"小不点"父母拿了一千块钱给洪战辉。说是"如有困难可再找我们"。洪战辉想了想,收下了,但出具了一张欠条。

自此以后,洪战辉决意在校园里把"妹妹"带大。

这年九月一日,洪战辉带着"小不点"来到西华一中。他在"小不点"父母所给的一千元中留下五百元给了父亲作药费,用余下的加上这个假期里打杂工所挣的钱,交了学费。另外,他在离学校不远的远房伯伯家借了间房,安置"小不点",也作为自己的住处。

自此,洪战辉开始如上初中一样,每天奔跑在学校与住处之间。一早,他要让"小不点"吃早点,再交代她不出去,然后上学。中午和晚上,他从学校打了饭,带回住处与"小不点"一起吃。上晚自习时,他不忍心"小不点"一人呆在房中,就把她带过去,他怕她闹,就把她放在门边让她玩耍。有几次,等他下了自习走出教室。"小不点"早睡着了,抱上"小不点",洪战辉不由得一阵心疼。

两人的生活是需要钱来支撑的。为此,洪战辉还在校园里,利用课余时间卖起了圆珠笔、书籍资料、英语磁带。在他推销的过程中,也有不明真相的老师对他小小年纪就满脑子赚钱大为反感。一次课余时,他去别的班级推销,不巧被那班的班主任碰到,他被毫不留情地赶出了教室:"你是来读书的还是来当小贩的?你家庭再困难,这些赚钱的事情也该你父母去做。你现在的任务就是好好学习!"他不辩解,只是拼命忍住眼中的泪水。他知道,为了父亲为了妹妹,为了自己的家,他不能放弃!

边挣钱边学习边照顾"小不点",还得定时给父亲送药回家,日子虽然艰难,但洪战辉还是平稳地过了下来。然而,就在洪战辉进入高二时,父亲洪明伍的病情再度恶化了,必须再次住院治疗。于是,洪战辉只得休学挣钱为父亲治病。

到了二〇〇〇年,"小不点"已六岁了,父亲的病情也控制了下来。这时,久别的校园充溢着他的梦境。他渴望再度与之相逢。

也就在这年夏天，在西华一中曾经执教过洪战辉的秦鸿礼老师调到西华二中。秦老师一直被洪战辉的爱心与坚忍所感动，便特意找到他，要他去二中上学。不过，当时二中的高中部是新建的，只能从高一读起。于是，洪战辉成了西法二中的一名高一新生。

在这里，洪战辉仍把"小不点"带在身边。因到上学年龄了，他在秦老师的帮助下，在二中附近找了所小学，送她上了学。

新的高中生活又开始了。和以往不同的是，除了挣钱除了自己学习除了照顾"小不点"的生活，辅导"小不点"的学习又成了洪战辉每天要做的事情。

两年过去，离二〇〇三年的高考只有一年了。也许真是上天有意"苦其心志"，就在这年十月，洪明伍的病第三次严重恶化。这就更苦了洪战辉，除了繁重的功课，他还得抽星期天送父亲去医院治疗。因为钱不够，找了几家医院，人家都不愿接收。十月底的一天，他找到了扶沟县精神病院，医院被洪战辉的孝心所感动，答应收下他父亲并免去住院费只收治疗费。洪战辉高兴极了，赶紧回家取衣物，再骑上自行车连夜又往医院赶。家到医院有近一百公里路，因为劳累过度，骑着骑着，他的眼睛就睁不开了，结果连人带车栽倒在路旁的沟里……等他醒来时，自行车压在身上，开水瓶的碎片散落一地一身。他没有力气推开自行车，感到身体的各个部位都是痛的。痛苦和绝望涌上心头，对着无边的黑夜，他不禁号叫起来："爸爸，你几时才能康复过来啊？妈妈，你知不知道儿子一个人支撑了这么多年，快撑不住了？'小不点'的父母，你们既然生下了她，为什么又要遗弃她……所有的重担，为何都要压在我的身上？"时已夜深，广袤的大地一片死寂，夜风之声马上盖过了他的声音……

也不知在沟中躺了多久，洪战辉想起了"小不点"。他咬着牙对自己说："我不能倒下，我倒下了，父亲的病就没人管了，妹妹就没人管了……我一定要考上大学，以此改变命运！"他终于顽强地站了起来，摸索着爬出了水沟……

怀着不屈的信念，坚持最后的拼搏，二〇〇三年六月，洪战辉走进了高考考场。

寒窗圆梦日，携"妹"上大学

七月，高考成绩公布，洪战辉的分数过了专科线。在填报志愿时，洪战辉以收费最低廉为选择标准，最终报了湖南西部本科综合类名校——湖南怀化学院。

怀化学院招录了洪战辉。学费，仍是洪战辉的难题。后来，在这假期里，他在一家弹簧厂打工得了一千五百元。拿着这笔钱，他将"小不点"托付给伯母照顾，只身来到了怀化。考虑学费还要打欠条，去的又是新地方，开学这段时间，洪战辉没有带"小不点"过去。

偿还学费成了洪战辉最要紧的事。课余时间里，他在校园里卖起了电话卡，在怀化电视台《经济E时代》栏目组拉过广告，还给一家"步步高"电子经销商做起了销售代理。一个月下来，他竟赚了将近两千块钱。开始，同学们注意到他勤工俭学收入不低，吃饭时却从未打过一份荤菜，只见他往家里寄钱，就感到无法理解了。后来，他的故事传开来，大家不禁对他油然而生敬意了。

很快，同学们推选他为学院市场营销协会的会长，并自发地帮助他，系领导得知他的真实情况后，发起了捐款活动，当系领导将捐款三千一百九十元交给洪战辉时，他却无论如何都不肯收下。最后学校将这笔捐款直接代交了他的学费。当系领导问他还有什么困难时，他提出了惟一的要求：想带妹妹一起来上学！

超越血缘的"兄妹"奇情感动了怀化学院的领导，他们破例同意洪战辉将"小不点"接来，并单独给他安排了一间寝室，方便他照顾妹妹。随后，洪战辉来到学院附近的怀化市鹤城区石门小学，找到该校长，提出了妹妹插读的要求，校长同意了。

联系好学校之后，洪战辉通知家在郑州，在南方上大学的同学，利用回家的机会将"小不点"带了过来。

仅半年不见，洪战辉在怀化火车站见到妹妹时，大吃了一惊：她头发凌乱,脸色发黄,一身衣服很久没洗了。洪战辉心里发酸,十分后悔自己半年来对"妹妹"的"遗弃"。他想,"小不点"是不能离开自己的啊,在乡下的环境里,她得不到好的教育,无法健康成长。今后,不管怎样,一定要自己一手将她带大!

当日,洪战辉给"小不点"洗了澡,换了套新衣服,剪了头发。不见了蓬头垢面,"小不点"的面貌顿时焕然一新,一张原本清秀的脸重新绽放出了甜美的笑容。

从此,"小不点"开始了大学校园里的幸福生活。一早,她背着书包去上学。中午,在校吃中餐。回到学院寝室后,两兄妹就尽享亲情之乐。每个晚上,洪战辉还给她补习功课,教她普通话。

哥哥的爱,"小不点"记在心里。她听哥哥的话,尽力帮哥哥做事。哥哥贩了电话卡,去女生宿舍推销不便,她会拿着去一个个宿舍叫卖,路上看到空瓶子,她会捡了回来。遇到哥哥从市里进了学生用品回来,她也会去帮着搬运。二〇〇五年四月一个周末,洪战辉去外面推销产品,回来时误了公汽,只得步行回家,从怀化市中心到怀化学院,约四公里。洪战辉回家时,已很晚了,打开门,却惊讶地看到"小不点"还没上床,而在桌上睡着了……多好的妹妹啊,洪战辉不由得一阵心酸,忙抱起她放到床上。就在挨床的一刹那,"小不点"醒了,睁开眼睛就扑到了他的怀里:"哥哥,我等呀等呀,你怎么才回哟!我担心你路上不安全咧!"搂着"小不点",洪战辉不知说什么好……

兄妹亲情相伴,他们不觉在怀化学院的校园里度过了两年时光。

二〇〇五年农历五月二十五,是洪战辉的生日。这一天,他突然听到校园广播里在为自己生日点播歌曲,他吃了一惊:这么多年来,从没人说起过自己的生日啊!便忙去打听是谁点的。这时,他才知道,妹妹记住了他的生日,是妹妹,是他心手相牵十多年的妹妹为他点的。这天晚上,"小不点"放学回来,还为他送上了一只千纸鹤。"小不点"说:"哥哥,这是高琴姐姐教我的,好难折,我还是折成了,我没钱,不能买什么东西送给你,就送这个了……"

一股暖流陡然涌上心头,洪战辉欣慰地感到,十余年的磨难之后，一颗爱心终于衍生出了另一颗爱心！

二〇〇五年七月，"小不点"在石门小学组织的期末考试中，她语文考了九十四分，数学考了九十六分，并以特别的人生经历和在校的优秀表现被学校授予"十佳少年"的光荣称号。

没有比这叫洪战辉更为高兴的了。端详着"小不点"的奖励证书，这个当年在沉沉黑夜里摔倒在水沟中都没流过泪的刚毅男孩，竟一时泪如雨下。

也就在这个假期里，洪战辉回到家中还惊异地看到，久病的父亲也许是因为自己考上了大学，病情竟大有好转。虽然，人看上去苍老而痴呆，但再没有过狂躁的举动。见父亲好转，洪战辉马上去接母亲。母亲见了儿子，哭诉了自己的愧疚，回到了久别的家中。

当记者再次见到洪战辉时，他说："我最困难的日子已成过去，我感谢你们，给了我一个好妹妹，也给了我同龄人所没有的人生经历。我由此明白：人生在世，只要脊梁永远不弯，就没有扛不起的山。至于'小不点'，你们放心，我要在大学校园里将她带大，八年之后，再将她送进大学校园。"

感动中国，感动你我

赏析／赵明明

这是一个感动全中国的故事。父亲生病，母亲出走，自己在打工的过程中又受重伤，他仍然挺起胸膛面对生活，在众多生活的苦难面前，微笑着面对。无论生活多艰难，都没有放弃自己对妹妹的责任。

洪战辉的故事告诉我们，人生，总是在成功与失败，希望与失望，欢乐与痛苦中演绎一幕幕忧伤与难忘。人生的路上有平川坦途，但也会碰上没有舟船的渡口，没有小桥的河岸，这时候只能自己摆渡自己了。坚持不懈的追求才是人生的真谛！生活中定有希望，生活中一定要有自信。

生活中,我们也应该像弟弟那样,不能只爱自己的亲人,当别人有难时,我们也应该付出爱心,伸出援助之手。

姐 弟 情

●文/西 平

弟弟是个黑小子。小时候我们俩站到一块,人们最常说的一句话就是:不像一个妈生的。弟弟总是不服气地把头一歪:我比她好看。那是真的,也是我最忌讳的。一白遮百丑! 我回击。

父母上班,我们被锁在家里。吵架是我们最通常的娱乐方式。一般是小打小闹,有一次可是升级了,我狠狠地在他脸上咬了一口。我怎么能不生气呢?他把我心爱的橡皮筋截成一小段一小段的。他闭着眼睛哭呀哭,我看着渗出血渍的小脸终于投降,用他截断的皮筋给他扎了十多条小辫子,像个小刺猬,他捧着镜子左瞅右看,满意了,答应不告状,就说是猫抓的。

当然我没逃过一顿臭打,他陪我哭了整整两小时。如今,他的脸上还有隐约可见的小疤痕,别人问起,他总是说猫抓的,那是我童年给他永恒的纪念。

由于父母工作忙,爷爷把弟弟接去白山,从此天各一方,我伴着刻板的音乐老师,在冷酷的琴房、单调的指法中艰难度日,而弟弟据说是非常勤奋地在爷爷办公室中接受启蒙教育。我很疑心,因为他曾说在桌子底下玩球很痛快。那时候,每年两次的会面是我们最开心的时候,我们暂时忘记了争吵,像久别的情人(妈妈的话)在一起窃窃私语。我给他讲温柔的小兔子,他给我讲两眼蓝光莹莹的狼崽子,夸张而形象,每每吓得我毛骨悚然,好在还有红色的小松鼠,长着长长的尾巴,可以当棉衣穿,我也就原谅他了。

我们一直分分离离,直到有一天,是他中专毕业的那一天吧。他英姿勃勃地站在我面前:满头乌亮的头发漂亮地打着鬈儿,一双大眼睛闪闪烁烁,黑皮肤健康光泽明亮。我不禁在心里叫:他可真漂亮!而且整整高我一头呢。可他呢,上上下下搜搜寻寻地打量我,翘着嘴角一脸不屑:豆芽儿呢!我可真气得发昏,同时庆幸,他总算没拿我引以为羞的粉豆儿(青春痘)开心,我暗暗告诫自己,以后一定好好吃饭。

当我忘记初见的不快,殷勤地扮演着姐姐的角色时,我高高兴兴地为他洗衣服,高高兴兴地替他打扫房间,然后,洗水果削皮端上来,他吹着口哨晃晃悠悠地跷着二郎腿,对我的满头大汗视而不见,我气狠狠地放下盘子:去你的吧!

但我终于满意了,他用第一个月的工资给我买了漂亮的连衣裙,我又感激又惭愧地收下,说了许许多多表谢意的车辘轳话。他得意忘形,试着给我买各种礼物。但渐渐地我领教他的欣赏水平了,冬天来临时,他声称给我买了最时髦的棉衣,我万分感激之后接过来,黑不溜秋的颜色,穿上一试,活脱一个土匪婆子,他煞有介事地咕哝:怎么回事呢? 你穿起来怎么这么难看!

我在学校寄读,弟弟每月一次到学校看我,每每这时就有人向我通报:西平,你哥来了!他极沉着极稳重地端详我:又瘦了。其实瞎说,我的体重是逐月上升的,我正考虑减肥,但我领情了,他是把自己的想像加在我身上,以为我必定瘦的,我必须加倍努力才对得起他。

他的确像哥哥一样无微不至地关心我。比方骑自行车,他一定在前面带着我,怕我被甩下来,他是习惯骑飞车的。当我们一起出门做事,他小心翼翼生怕把我弄丢了,我去厕所他一定在外面把门,弄得别人以为他是个流氓,图谋不轨。

他的爱并不只是对自己的亲人,当远方洪涝灾害的消息传来时,他一下子捐出五百元,结果一个多月只吃馒头咸菜,发工资那天,他乐得像个疯子,去酒吧一气灌下半斤,结果是:他高唱着把两只鞋子脱下来,用鞋带吊在脖子上,光着两脚回到公司。我闻讯去看他,又感动又难过,哭了一晚上。

黑色的七月过去了,我们终于有了朝夕相处的日子,可实在是远了亲近了嫌,我们的知识和阅历使我们的吵架再升一级,唇枪舌剑,吵得面红耳赤,活像几世的仇敌。有一天晚上我又一次得胜之后赶快撤兵,他悻悻地甩上房门,等着! 我回去睡觉,得意扬扬。

夏日的天婆婆的脸,本是繁星满天,半夜却雨声大作。忽听弟弟在外屋喊:姐、姐。声音恐怖,我睡意全消,一骨碌爬起来,怎么回事? 他笑嘻嘻地说:快出去抓鸡吧,都快淹死了。我大吃一惊,天哪! 他不是早起了吗? 木头! 小鸡在院子里东躲西藏,一群落汤鸡,我顾不上吵,冲了出去。好样的! 后面在叫。

怎么会有这么一个弟弟呀!

博爱无私的弟弟

赏析／赵明殊

小时候,弟弟最爱和姐姐吵架;长大后,弟弟却像一个哥哥那样照顾姐姐,给姐姐买各种各样的礼物。弟弟是善良的,是无私的,他不仅把爱给了姐姐,也把爱给了素不相识的人。他工资不高,却一次为灾区捐款五百元,自己只好一个月吃咸菜。

生活中,我们也应该像弟弟那样,不能只爱自己的亲人,当别人有难时,我们也应该付出爱心,伸出援助之手。

生活中,通往成功的路不止一条,这条路走不通了,一定还有另外一条。

姐 和 弟

●文/思 黎

在我们姐弟六人中,大弟排行老二,是爸妈托人保的子。在我模糊的记忆里,家人为此事还还了愿,具体的程序我已经记不太清了,就知道一切都是按照算卦先生的安排。长大后我知道那不过是骗人的把戏,根本没有科学的根据。可在民间却行得通,我的父辈们都相信至极。

爸爸是转业军人,妈妈结婚前就是女干部,我认为就凭他们的觉悟也该不信那一套,可他们却不折不扣地遵照了,我想可能是因为大弟的缘故吧。因为在我上下各有一个男孩都未成活,这就像人一旦生病就会乱投医一样,心情使然。这次能如愿,更让他们不得不相信了。

大弟问世后,望子成龙心切的爸妈,给弟弟取名苏州,他们希望儿子功成名就,起码将来能当个一官半职的,这样就能光宗耀祖。可弟弟后来却偏偏经了商。

大弟小时候,可算是历经磨难。

出疹子时高烧不退,他整整昏迷了近一个星期,妈妈也就在床上抱了他一个星期,总算闯过了坎儿。

三四岁时,他又得了"羊毛疹",当时给他挑"羊毛疹"的场面如今还经常在我眼前浮现:针尖像是挑到钢丝上一样"咯嘣——咯嘣——"地响着,弟弟撕心裂肝似的号叫着,爸妈束手无策地流着泪,我担惊受怕地躲闪着、偷看着……

一天夜里,大约两三点钟,爸爸突然把我喊醒,说是让我起来闩门,他和妈要带弟弟到集上看病。我迷迷糊糊地爬起来,按照爸的吩咐闩好门后,在昏暗的灯光下,我脑子中一会儿出现了红眼红鼻子,一会儿又想到了大灰狼……吓得我不敢吹灯,躺在被窝里也不敢睁眼。后来爸爸回来拿东西,说是弟弟住了院。满头大汗的我才开了门,这时,我发现太阳都升到一树梢高了。爸爸告诉我,弟弟得了脑膜炎,医生说,幸亏来得及时。

弟弟小我六岁,他是在我背上长大的。我上小学时,他刚刚学会走路,农忙时家里没人领,我就带他上学,经常是我上学时,爸爸把他送到学校,等放学时爸爸或妈妈再把他接回来。有时爸妈都不来,我就背着他往家挪,同学也经常帮助我背弟弟,我打心眼里感激。

记得我刚开始领弟弟时,经常和翠兰在一起,她也领着弟弟。那时,七岁的我身材矮小,怎么也背不动弟弟,我就哄着他玩,不一会儿,腻烦了的弟弟就自己顺地爬,我拦也拦不住,我看到他磨红了的膝盖时,就用小手摸着伤心地哭,比我大两岁的翠兰这时就会帮助我。我那时很感激翠兰,我们全家都感激她。妈妈为了表达心意,农闲时给我和弟弟做鞋,总忘不了有她的份。

今年清明节前,我回家给爸爸上坟时,遇到了翠兰,我们当时都没认出对方来,她把我说成是我小妹雪芳。我看了半天只是赔笑,不敢说话,后来经妈介绍,我们才认出对方来,这也难怪,我们已经有二十多年没见过面了。那天,我和翠兰都紧握着对方的手,谈了很久,很久。我们提到往事时都倍感亲切,那一刻我们俩仿佛又回到了从前。

弟弟上学后,一直很努力,在学校多次竞赛获奖。第一次中考失败的他,随我和爱人到新兴重读。虽然那时我们工资不高,三个人吃饭还是过得去的。弟弟很懂事,也很听话。在新兴的一年中,我和爱人总是说一不二,弟弟从来都是听之任之。记得那时我和爱人刚结婚,处在磨合期的我们经常为些鸡毛蒜皮的小事而争吵,不知道有没有影响弟弟的学习。在弟弟临近中考时,怀孕近四个月的我因拆洗被子而大出血,当时爱人不在学校,虽有同事帮忙,可也把弟弟给吓坏了,记得当时他都两顿未吃饭。是年,弟弟中考再次落选,为此事我一直有愧于心。

弟弟中考差了几分，但那年他考上了亳县一中，可是当时的家境不允许他继续读下去，特别是上高中。比他少近二十分的董群上了亳县一中，后来还考上了上海复旦大学，再后来又读了研究生，现在在上海工作。可是弟弟却带着遗憾退学了。

退学了的弟弟，先在家务农，后来经人介绍到凤台县砖瓦厂干了一段时间，接着又到涡阳肉厂背了几年的包，再后来，他自己跑到合肥学修家电，中途改学修钟表。开始只是在街上摆个摊，全部家当就是一个桌子、一个凳子，还有一套维修工具。第一次他接到了一个手表，手哆嗦着不敢打开，惟恐拆开后装不上，后来在家人的鼓励下，他战胜了自我，那是他踏上商界关键的一步。接着他从摆摊到租房，再到自己购买门面房(有了自己的一席之地)，就这样他一步一个脚印地前进。

弟弟诚信有余，睿智不足。不知是天生还是小时候脑炎使然，前者使他门庭若市，后者令他平添了烦恼，同时也交了不少的学费。做生意的个个都不是等闲之辈，要想在街上打下一方江山谈何容易?!弟弟能尽快地成熟起来是我们全家最大的愿望。

背篓里的弟弟

赏析／赵明殊

弟弟就像小草那样，普通，但却有着极强的生命力。弟弟因家庭贫困退学后，并没有放弃自己的追求，他坚强地生活，认真地工作，最终有了自己的一份事业。

弟弟是在姐姐的背上长大的，姐姐因此对弟弟多了一份像母亲般的牵挂，姐姐既骄傲于弟弟的成长和拼搏，也希望弟弟能尽快成熟。

生活中，通往成功的路不止一条，这条路走不通了，一定还有另外一条。这是弟弟给我们的启示。

我哭着说"弟弟,谢谢你。"这是记忆中我第一次这样称呼他。

姐,别怕

●文/索 问

他从不曾当面叫我一声姐姐,我也不曾叫他弟弟,彼此称呼时就用"你"或"喂",同一屋檐下,两个人就这么"你你喂喂"地长大了。有时他和同学介绍说:"这是我姐。"我甚至会想不起他姐姐是谁。这样的关系。

他小时就讨人喜欢,生得乖巧伶俐,成绩好,字也写得好看,无不良嗜好,至今都不曾抽烟喝酒,连最基础的国骂都不会。当初这些优点如今使他在同龄男孩儿中要单薄许多。我那时偏偏沉默而固执,总给人一种委屈别扭的印象,因此不招人喜欢,听到叔叔姑姑们围着弟弟猛夸,开始有点嫉妒,久了也就习惯了。

妈妈总是很骄傲地向人宣称:"我们家小黑孩儿(弟弟生得黑),从来不馋零食!"他当之无愧,却把我置于难堪境地。我是名副其实的馋丫头,还有些小癖好,零花钱都被我换了瓜子、话梅、泡泡糖以及带锁的日记本、翁美玲的贴纸等等。谁说金钱买不到幸福?有了这些,我就是个幸福的孩子。零花钱被我很快用光,又不敢再去要,便向弟弟借。他从不乱花一分钱,规矩得像自然灾害时期的农村老太太,因此总是很富有。

一次一次地借,从来也没还过。我看中一双漂亮的红色运动鞋,一心想买下等到班级出游时穿,因为我喜欢的那个男孩子也会去。钱不够了,黑手又伸向弟弟。他在若干次经验教训后,本不欲借我,禁不住我的死缠烂打，终于很无望地给了我十五块钱。再一次极度缺钱时，我就拿着一枚形状奇特的一元纪念币，似在无意间显摆给他看，他一见钟情，我欺他年幼无知，软硬兼施地换来五块钱。最恶劣的一回，是爸爸给钱让我带弟弟吃早餐，我偷偷拿去全拍了照片。人生得没有底气，又没有漂亮衣裳，结果照得难看无比。连哄带骗地让弟弟替我隐瞒，还株连他跟着我足足饿了半个月。

渐渐地，我和弟弟都长大了。他小我一岁，我读高三的时候，他读高二。我们在一个教学质量低劣的农村中学辛苦地做着大学梦，每天穿着黯淡，捧着厚厚的教材资料，面色冷峻行色匆匆地穿梭于家和学校之间，和弟弟很少说话，连给一个笑容也罕有。有时看着眼前这个长高长出棱角的男生，看着他欲言又止的模样，费很大劲，才能从题海和各种公式里搜索出一个信号：这个人是我的弟弟。

有天晚上我去他房里找点儿东西，他已安静地睡下。我无意看见他的草稿本上有他和别人的交谈，他写道：以后我就叫你姐姐吧，早上听见你喊我弟弟，觉得很温暖，我和我姐的关系很冷漠。紧接着是几行秀气的字：可能因为你姐姐在毕业班，功课太紧张了吧。你要注意和她多沟通啊。

我呆立在那里。冷漠！他说他和姐姐关系冷漠！想一想，是否真的为了未定的前程而忽略了他？倚着床头，听着他婴儿般均匀的呼吸，凝视着那张极熟悉又显得陌生的瘦削的脸，我们家标志性的双眼皮，浓眉毛，心终于疼了起来。

我没有跟他提起此事，尽管很长时间我对那个"姐姐"都有着莫名的恼意。我其实很渴盼交谈，把我的欢乐苦恼讲给他听，也听听他的故事，但是紧张的高三没有给我机会。等我打发了高考，他又在读高三了。

我们都是勤奋的孩子，于是一前一后都上了大学。先是写信，"注意身体"、"好好学习"相互叮嘱得失了真味后，通信渐渐少了，便只靠深夜的电话联系着。仿佛骨肉至亲之间那种羞涩更甚于陌生人，以至于彼此的牵挂根本不敢曝于阳光之中。

不知从什么时候起，他开始叫我姐姐了。有天凌晨，四五点钟的样子，我被电话铃声吵醒，是他打来的："姐，我现在在华山顶上，马上就能看到日出了！"我没有问他何时跑去的，握了话筒默默地分享他的快乐。

"好一片红霞呀，云彩越来越红越来越亮了……出来了，姐，太阳出来了！"

话筒里传来他欣喜若狂的叫喊和游人排山倒海的欢呼。稍后他恳求："我是逃课出来的，姐，千万别跟爸妈说，好不好？"我笑了，可爱的弟弟啊。

不久后我也去了一次华山。这是一个再通俗不过的故事。我爱上了网友 GG，不敢大声说爱，因为实在长得平凡，可我还是隐隐约约地对他说了。他邀我一同去华山，我犹豫着，终于被渴望怂恿着去了。见了面，我在心里惊叹，他是个多漂亮的男孩儿！敏感孤独的心让我自卑地低头，根本不敢注视他的眼睛。我们的网络之恋难逃见光死的厄运，而可悲的我却仍深爱着他。

匆匆结束了这次狼狈难堪之极的旅行，回到学校，我固执地紧握委屈，不肯善待自己，不再好好吃饭睡觉，通宵流连于网吧。放任自己思念 GG 和他的笑容。暗无天日地过了两个星期，一天晚上我又在网上无聊地游荡，接到弟弟的电话。他的声音有些焦灼："姐，这几天不知怎么，总是很担心你，你在哪里？"我说："我在网吧。"他一下就急了，声音也高了："你不看看现在都几点了，还不回去？"我笑笑将自己的事情和这段生活讲给他听，他沉默了一会儿，说："姐，别怕！"

并没有想哭的，可是眼泪涌出来了。一直在自暴自弃，回避一切可能的关怀，用冷漠和孤独维系着自尊。

突然听到这三个字，委屈全部流淌出来，心软得几乎要化掉。在网吧呛人的烟雾和别人异样的目光中，我泣不成声，不能自已。

那天夜里，那家网吧燃起了震惊全国的大火。如果我不在此前离开，我将会永远留在"蓝极速"，再也看不到这个美好世界。

知道这个消息后我蒙着被子大哭一场。然后，我拨了那个不很熟悉的电话,告诉那个长大的男孩儿,我会好好爱惜自己,好好生活下去,最后,我哭着说"弟弟,谢谢你。"这是记忆中我第一次这样称呼他。

亲情也需要交流

赏析／赵明殊

姐弟的关系有点微妙。姐姐相貌平庸,性格沉默而固执。弟弟,乖巧聪明而帅气,讨人喜欢。

姐姐有些嫉恨弟弟,于是很少和弟弟说话。但当她真的看到弟弟在跟别人聊天时,说自己冷漠时,她竟很伤心,其实她也很想把自己的快乐苦恼说给弟弟听。

当姐姐失恋流连于网吧时,弟弟为此而真心地着急。姐姐心里的冰山终于融化,我们发现,原来,亲情也需要交流。

妹妹用真爱为姐姐买来了一条珠宝项链，真爱无价。

最贵的项链

● 文/唐　娜

　　店主站在柜台后面，百无聊赖地望着窗外一个小女孩走过来，整张脸都贴在了橱窗上，出神地盯着那条蓝宝石项链。

　　她说："我想买给我姐姐，您能包装得漂亮一点吗？"店主狐疑地打量着小女孩，说："你有多少钱？"

　　小女孩从口袋里掏出一个手帕，小心翼翼地解开所有的结，然后摊在柜台上，兴奋地说："这些可以吗？"她拿出来的不过是几枚硬币而已。

　　她说："今天是姐姐的生日，我想把它当作礼物送给她。自从妈妈去世以后，她就像妈妈一样照顾我们，我相信她一定会喜欢这条项链的，因为项链的颜色就像她的眼睛一样。"

　　店主拿出了那条项链，装在一个小盒子里，用一张漂亮的红色包装纸包好，还在上面系上一条绿色的丝带。他对小女孩说："拿去吧，小心点。"小女孩满心欢喜，连蹦带跳地回家了。

　　在这一天的工作快要结束的时候，店里来了一位美丽的姑娘，她有一双蓝色的眼睛。她把已经打开的礼品盒放在柜台上，问道："这条项链是从这里买的吗？多少钱？"

　　"本店商品的价格是卖主和顾客之间的秘密。"

　　姑娘说："我妹妹只有几枚硬币，这条宝石项链却货真价实。她买不起的。"

店主接过盒子，精心将包装重新包好，系上丝带，又递给了姑娘："她给出了比任何人都高的价格，她付出了她所拥有的一切。"

爱是无价的宝贝

赏析／赵明殊

妹妹想送给姐姐一条项链，因为那条项链的颜色就像姐姐的眼睛。可是单纯的妹妹不知道那条项链的实际价值，她创造了一个奇迹，用仅有的几枚硬币买下了货真价实的珠宝项链。

当姐姐送回妹妹买下的项链时，店主又把这条项链递给了姐姐，店主告诉姐姐，妹妹给出了比任何人都高的价格，她付出了她拥有的一切，那就是她对姐姐的爱，妹妹用真爱为姐姐买来了一条珠宝项链。真爱无价！

> 我也生性孤僻,但每当跋涉在生命之旅被孤助无援的石块
> 儿压得喘不过气来时,总会有一只温柔的手轻轻将它拨开。

我的姐姐妹妹

● 文/柴林涛

　　我在家是老二,有一个姐姐,还有一个妹妹。我小叔家的俊峰就没这么幸运,他是叔和婶响应国家号召生下的独生子。没有亲姐姐亲妹妹亲哥哥亲弟弟的感觉是个什么滋味儿? 我不知道。

　　记忆中,小时候的俊峰是个俊美聪颖很爱说话的小家伙儿,不知怎么,随着年龄的增长,那说不完的话竟像没盖紧塞儿的瓶子里的酒,挥发殆尽了。我也生性孤僻,但每当跋涉在生命之旅被孤助无援的石块儿压得喘不过气来时,总会有一只温柔的手轻轻将它拨开。我知道,那是我姐姐的手,那是我妹妹的手。

　　记忆中,关于童年生活异常清晰的一幕总是:姐姐和一群小姑娘叽叽喳喳像一群小麻雀互相追逐遍地疯跑,我常常是其中惟一的小男孩儿,屁颠屁颠地在女孩儿们的花丛中穿来跑去。不知怎么,忽然跌倒了,姐姐就停止游戏从女孩儿队中跑出来,把我拉起,或埋怨或焦急,或斥骂或自责,总之,姐姐是爱我的,我身上要是疼姐姐身上准也疼。

　　为了我,姐姐什么事也敢做。

　　有一次,我在街上玩,一群大孩子在玩儿溜窝儿。溜窝儿,是二十年前农村孩子们玩的一种简单的游戏。(现在的孩子们还玩不玩我不知道,大概连听说也难了吧!)隔十几步在一条直线两头各挖一个窝儿,一个人一个烧饼大的小铁饼,谁能准确扔到对面的窝儿里谁就算

赢。

当时我就有一个银光闪闪的不锈钢小铁饼，后来不知怎么找不到了。今天，当孩子们玩得高兴的时候，我看见那个小铁饼正好被邻居家又高又大的孩子得意扬扬地攥在手里。我靠在墙根儿瞪大眼睛，仿佛能听见我可爱的小铁饼在向我呼救。这时，忽然姐姐从远处走来了，我贴着墙根儿跑过去，一把拽着姐姐的袄袖子，说："姐，那是我的小铁饼，快给我拿回来。"

姐姐犹豫了一下，我看见她的眼中很快地闪过一丝恐惧，因为那个孩子足足比她高出一头。姐姐摸了一下我的头，轻轻地说："等会儿。"

就在我的小铁饼划出一条闪亮的银弧从那个孩子的手中飞出的一刹那，姐姐像一只灵巧的猫一下推开前面两个小男孩儿，把我的小铁饼迅速地捞到了手上。也就在同时，邻居家的孩子像一只黑鹰扑向姐姐，狠狠地抓了姐姐的小辫儿。姐姐吓哭了，疼哭了，连声喊着："这是我弟的，这是我弟的。"

当时，我吓得一溜烟跑出去老远，后来的事都是小伙伴们在嘲笑完我的胆小之后告诉我的。正当那坏孩子拽住姐姐不放时，几个大人过来把他们拉开了。姐姐蓬乱着头发跑到我跟前，摊开手，说："给你，姐给你抢回来了。"

现在我娘说起我们兄弟姐妹来，还是总说："打小就数你最听话，你姐姐挨的揍最多，你妹妹也不少。"

姐姐挨的揍最多是真的，但我却不是最听话的，最听话的是妹妹。

今年过年到姥姥家去，七十多岁的大舅说起妹妹的乖来还是赞不绝口："那时候你家盖屋，你娘给我们烙了油饼，你们娘几个躲在厨房里吃窝头。我撕一块油饼给最小的香儿。人家却说，'舅舅你吃吧，我娘说你们得扛大石头。'"

说着，大舅就掉了泪，我也掉了泪。这些我都不知道。关于妹妹小时候的事，我能记起的实在不多。

一个是有一年家里修屋,六月天一大屋子人,表哥端着一大盆滚烫的绿豆汤从厨房里"噔噔噔"往正屋走,妹妹为追赶跑出去的球撞在了他腿上,顿时汤水四溅,妹妹捂着肚子尖声大叫。

还有一个印象就是我疯了一天在夕阳中满头大汗往家走,妹妹忽然从胡同里转出来,一条湖蓝色的小裙子分外惹眼。妹妹翘着鼻头,嫣然一笑:"哥,好看吗?"

我和姐姐只差了两岁,但我总觉得姐姐比我大了好多,一切事她都会替我办的;我比妹妹也只大了两岁,但我总觉得妹妹也是我姐,一切事都不该我办的。总之,我不大像哥哥。哥哥应该是什么样儿的呢?就应该像姐姐那样吧,看见弟弟的小铁饼被人偷了去,就勇敢地冲上去抢回来。就应该像小永的哥哥那样吧,小永被人欺负了,他哥哥就跳过去勇敢地跟人打在一处,即使被人打得鼻青脸肿也毫无怨言。这样惊天动地的事记忆中我好像一次也没干过。

那一年,妹妹回家就黑着脸哭起来,原来是考试考得不怎么样,高中是升不上了。我一听就急了:"现在哭,平常干什么去了?光知道照相、折纸、看琼瑶小说了。"

之后,不知怎么,明智的父亲竟也没再让妹妹复读或花钱上高中,应该不是重男轻女,也不是经济条件不允许,到底为什么,我也不知道。说到底,我对妹妹是不够关心的。后来,我考上了大学,看到身边那些终日不知愁滋味,浪漫得有些做作的女同学们,我才深深地感到了内疚,妹妹也应该到这里来的呀!

写到这里,我已忍不住泪水涌出眼眶。七年前,姥姥故去,娘与她的兄弟姐妹哭成一团时,我不由想起了我的姐姐妹妹;前年岳父病逝,看到妻子与她的兄弟姐妹哭成一团时,我不由想起了我的姐姐妹妹;去年奶奶去世,看到爸爸与他的兄弟姐妹哭成一团时,我不由想起了我的姐姐妹妹;我一个人在电脑前看电影《我的兄弟姐妹》时,我不由想起了我的姐姐妹妹。

啊,我的姐姐,我的妹妹,我永远爱你们!

珍惜亲人，珍惜爱

赏析／赵明殊

童年，有小伙伴的陪伴是最快乐的，特别是像作者这样有一个爱护他的姐姐，更是让人羡慕。

姐姐像一只小母鸡保护自己的鸡雏那样，竭力保护弟妹。她对弟妹的爱与责任感，让弟弟看到了自己的自私与逃避。

生活中，我们应该像姐姐那样，珍惜自己的亲人。

可如果我们犯了错误,他们就非惩罚我们不可了,因为,纵容年幼的我们犯错误,就等于纵容我们将来犯罪。

有裂纹的镜子

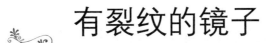

●文/[印度]R.K.摩西　译/李荷卿

当我的堂姐阿奴跑进我的房间,拼命地摇晃我的时候,我仍然躺在既温暖又舒适的被窝里做着美梦呢。

她比我大两岁。她十岁了。她对这一点非常骄傲。因为在她生日那天,她告诉所有的人她的年龄已经跨入两位数的行列了。那一点,是她认为特别独特的地方。她觉得那给她一个占支配地位的权力。但是,我可不让她那么得意。我反驳她说我八岁了,而"8"是一个无论正着看还是倒着看都是一样的数字,那是"10"所没有的特性。

"嗨,有事吗?我还想再睡一会儿。"我翻了一个身,将被子拉过来蒙住头,蜷起身子继续睡觉。但是,阿奴用一双硬硬的小拳头狠劲地捶我,又将她的胳膊伸进我的被子里,用她那尖尖的手指甲戳我。我知道我不放弃睡眠看来是不行的。我坐起来,掀掉被子,打着哈欠将瞌睡虫赶跑,然后问她:"到底有什么事,阿奴?"

阿奴说:"你知道我们可以将一面镜子弄裂,但又能逃脱惩罚吗?"

"你是丢了脑袋了吧?"我没好气地粗声说道。

"你眼睛瞎啦?你没看见我的脑袋还好好地站在我的脖子上吗!"阿奴针锋相对地回击我说。

"我的意思是……"我在大脑里急急地搜索着合适的字眼。

"如果你今天想找一些乐趣的话,就跟我来吧。要不然,我就一个人去寻找乐趣,给那面镜子一下子。我很想看着镜子上有裂纹时的样子。"阿奴继续说。

"我从来不会让快乐从我手中溜走的。不过,你告诉我,这没有危险吧?我们不会因此而惹来爷爷的责罚吧?我们是来这里度假的。如果我们惹爷爷生气,我们的假期就会被毁掉了。"我找了一个虚弱的拒绝理由。

"如果你想要乐趣你就必须得冒险。不过,你好像缺乏冒险的勇气。我走了,小子。我要去进行冒险行动,把那面镜子弄裂。"阿奴向我抛来诱饵,让我乖乖地跳入她撒下的大网中。

"为了乐趣,我随时准备着,甚至不惜丢掉自己的脑袋。"我说,这是我在几天前刚从一位叔叔那里听来的。

"好。那么,在这次'镜子行动'中,你就是我的搭档了。"阿奴咧开嘴笑着说,"你不能背叛我。"她让我向她做出保证。

"我保证不会变成一个叛徒。"我停顿了一下,又补充道,"这是你正在计划的一个军事行动吗?这个代号对我很有吸引力。我曾经听说过'基本事实行动'和'沙漠风暴行动'。现在,我们进行的是'镜子行动'。快把行动计划详细告诉我,亲爱的。"

"靠近点,我不能大声说。注意,墙壁也有耳朵的。"阿奴压低嗓门说。

我们肩并肩坐在床沿上,脑袋几乎粘到了一块儿。阿奴把她的计划详详细细地叙述给我听。它似乎非常完美,每个细节都计划得恰到好处,毫无破绽。除了对它赞不绝口之外,我提不出任何异议。它真是这个世界上最妙不可言的一件事。

当我们哭丧着脸长驱直入地走进爷爷所在的房间时,他正在读当天的报纸。听到我们的脚步声,他把报纸从眼前移开,看着我们。

"啊哈,你们好吗?想要我陪你们玩吗?我只需十分钟就能把报纸读完了。然后,我再陪你们玩儿。"他微笑地看着我们说,并且冲我们招手,意思是让我们进去。

我们没有回答,也没有走近他,只是低垂着脑袋站在门边。爷爷感觉有些奇怪。

　　这时，阿奴低声咕噜了一句："对不起。"

　　我跟着大声说："我也对不起。"

　　"对不起什么？"爷爷迷惑不解地问。

　　"不是我的错。"阿奴呜咽着说。

　　"也不是我的错。"我的声音轻得几乎听不见。

　　爷爷将报纸扔到一边，让我们走到他面前去。我们仍然站在原处，没有动。他的鼻孔抖动起来。我知道，那表明他心头的怒火正在上升。

　　"告诉我，罗格，究竟发生了什么事？是不是你们又淘气了？"爷爷已经得出结论了。

　　"您问阿奴吧，她比我大。"我好不容易才挤出这句话。

　　"阿奴，你怎么不说话啦，小丫头？平时，我想要安静的时候，你不是叽叽喳喳地很会说话吗？怎么我一让你说话，你就闷声不吭了呢？说吧，丫头。快点！"爷爷怒目圆睁。

　　"更衣室里的镜子……"阿奴故意吞吞吐吐地说。

　　"镜子怎么了？"爷爷提高了嗓门问。

　　"它裂了！"我迟疑地说。

　　"裂了？噢，我的上帝！怎么会这样呢？"爷爷走到我们面前，俯视着我们，嘴里呼出的气息拂着我们的后脖颈。

　　"不是我们的错。"阿奴又说了一遍，但是，爷爷已经顾不得听她说话了。他向门外走去，到更衣室查看那面镜子去了。

　　我们没精打采地跟在他的身后，爷爷走进更衣室。他审视着那面镜子，它浑身上下裂了许多处。

　　这使他变成了一枚定时炸弹。他生气地咆哮道："是谁把镜子打破的？"

　　"不是我。"阿奴说。

　　"也不是我。"我回答。

　　"这里没有别人，只有你们两个。除了你们，还会是谁？"爷爷冷冷地瞪视着我们。

我们没有回答，只是乖乖地站在那里，耷拉着脑袋，眼睛注视着大理石瓷砖地板。

"我一定要追根究底，查明真相，罪魁祸首一定是你们两人中的一个。告诉我，你们在这里打网球了吧？球到处乱跑，结果撞到了镜子上，将它撞裂了？"爷爷试图推测出整个犯罪过程。

"可是，爷爷……"阿奴尽量用一种低沉的腔调说。

"没有'如果'或'可是'……"爷爷咆哮道。

"如果您肯听我们说，爷爷，我们能把这些裂纹去掉。"我插嘴说。

"荒谬。"爷爷不屑地说。

"我们能的，请相信我们，只有试过了才知道可不可能。"阿奴微笑着说。

"想变魔术！傻瓜。你们想要愚弄谁呢？破镜难圆，你们懂吗？"爷爷全然不信地说。

"想瞧瞧我们的魔术吗？"我故意激他。

"如果你们真能将镜子上的裂纹抚平，我就同意你们所说的'只有试过了才知道可不可能'的说法。"爷爷确信这是我们无法变成的魔术，他认为我们的提议是绝对荒谬的。

阿奴向我打了个手势，我心领神会地跑出去，拿来一条湿毛巾，走到镜子面前，用湿毛巾擦镜子的表面。裂纹立刻消失了。

爷爷简直不能相信自己的眼睛。我们冲着他大声叫道："四月愚人！"他惊讶地看着我们，完全怔住了。

"四月愚人？"爷爷叹着气说。

"是的，爷爷，对不起，我们愚弄了您。我们拿一块薄薄的肥皂，将它削得尖尖的，用它在镜子上画出线条，画完之后，那些模糊的线条就突显出来了，它们使镜子看起来像破裂了一样。刚才，罗格只不过是把那些用肥皂画出来的线条擦去罢了。现在，镜子上没有裂纹了吧，它完好如初。"阿奴解释说。

"这个办法，你们是从哪里学来的？"爷爷高兴地咧嘴笑着说。

"从我们老师那里。这是她在多年以前,当她还是一个小孩子的时候,对她父母做的恶作剧。在四月一日那天,她愚弄了她的父母。"我回答。

"那么,你们只是照葫芦画瓢了!"爷爷轻松地戏谑着我们,将我们拥入他那温暖的怀抱里。

愚人节游戏

赏析／赵明殊

愚人节,姐妹俩跟祖父开了一个大玩笑。她们告诉爷爷浴室里的镜子裂了,但爷爷信以为真,真的生气了。姐妹俩很害怕,最终把事情的原委告诉了爷爷。

当爷爷知道了这只是个愚人节的玩笑时,爷爷原谅了她们。他还把她们抱进怀里。爷爷是个很慈爱的爷爷。但当他以为姐妹俩犯了错误时,爷爷是非常严厉的。生活中,我们的爷爷奶奶也是这样,当我们乖乖听话时,他们是慈爱的。可如果我们犯了错误,他们就非惩罚我们不可了,因为,纵容年幼的我们犯错误,就等于纵容我们将来犯罪。

我们已经知道，对弟弟的爱，就像一颗无意中飘落在心里的种子，时间一长，在她心里生根发芽了。

一只烧饼的温情

● 文/吴 雯

她三岁的时候，他刚刚出世。

她在大人们的带领下去医院探望他。

在一堆欢天喜地说说笑笑的人群中拼命地挤呀挤，终于挤到婴儿床边。

她看见一个丑陋的小动物。

她瞪着他。

丑，真丑。红红皱皱的皮肤，尖尖小小的脑袋，稀稀疏疏的几缕头发。他紧紧地闭着双眼，正在张开无牙的小口大声地啼哭。

她想伸手去摸摸他。大人们扯开她。大她八岁的小姨气她，呵呵，弟弟来了，再也没有人疼你了。

她扁扁嘴，想哭。真的，这些日子，大人们都不理她了。个个都把重心放到小弟弟的身上去了。

她忽然间恨起这个丑陋的小东西来，趁大人们不注意。她抓起他的一只小脚丫，狠狠地咬了一口。

他惊天动地地号哭起来。

大人们奔过来，怎么了，怎么了？

她放开他，一脸无辜地看着大人，不知道呀，弟弟可能饿了。

晚上奶奶帮弟弟洗澡的时候，还是发现了弟弟脚板上那几只尖尖的牙齿印。她被重重地责罚。她认定是弟弟的到来让她失宠。她躲在阳台上伤心地哭了很久。

弟弟三岁的时候,她已经六岁。

她上了学前班,会画好看的图画,会照着公仔书讲许多好听的故事。弟弟视她为偶像。整天扯她衣尾,走哪跟哪。

她颇为洋洋自得。虽然弟弟长得像妈妈,比她漂亮,但她却很开心,将这小尾巴支使得团团转。

弟弟要听她讲故事。好,你去问妈妈要两块饼干。

弟弟要她画公仔画。好,你把爸爸送你的粉红色电话机刨笔刀给我用。弟弟屁颠屁颠地惟命是从。她威风凛凛地带着弟弟去院子里面玩。她胆子大,鬼点子又多。玩官兵捉强盗,她永远是官兵,弟弟是强盗。玩过家家,她是武则天,弟弟是太监。但她是不肯让别人欺负弟弟的。高年级大孩子想抢弟弟手上的棉花糖,弟弟一哭,她冲上去,抱着比她高大的大孩子张口就咬。她从小长了一口尖尖的四环素牙,咬人可厉害了。从此,谁都不敢再欺负他们姐弟俩。

一年暑假,浔江发大水,大人们都抗洪救灾去了,爸妈命令她呆在家里乖乖地带好弟弟。那个下午,动画片看完了,小人书翻完了,画画没劲了,饼干吃完了,家里没有东西好玩了。她很想偷偷跑到江边去看大水。弟弟哭着,死活不肯自己留在家里。她没办法,恐吓他,不许告诉爸爸妈妈哦,你敢说出来,以后一辈子都不理你,把你卖给拾破烂的。弟弟拼命点头。

她牵着弟弟的手,飞快地往江边跑去。

江水黄黄的,涨上高高的河堤。青青的草木都被浸得面目全非。远处一些矮矮的房屋都给淹了。很多人站在河堤上指指点点。她兴奋极了,在人群里钻来钻去,不知道什么时候,把弟弟给弄丢了。

她害怕起来,急得泪眼汪汪。

她在河堤上走来走去,带着哭腔大声呼喊弟弟的名字。

姐姐……她听见一声怯生生的呼唤。她转身,看见弟弟爬上了一棵小树,蹲在枝节上,脏乎乎的小脸上挂满串串泪水。

她急忙跑过去,抱弟弟下来,又高兴又生气。她心虚地斥责他,不是叫你拉紧姐的手吗?丢了怎么办?你吓死姐姐了!骂着骂着,她自己哇的一声就先哭起来了。

她背着哭累了睡着了的弟弟回家。

也许是被吓着了，弟弟当晚发了高烧。她老老实实地向大人承认了错误。大人罚她当晚跪在阳台上，不给吃饭。

她心甘情愿地跪在水泥地上，抬头仰望星光璀璨的夜空，小小心灵里充满对弟弟的道歉。她祈求神，不要再吓弟弟，要怪怪她吧，祈求弟弟的病快快好起来，祈求弟弟一生平安。

有一天，吃晚饭的时候，爸爸妈妈笑吟吟地问他们姐弟俩，长大后的理想是什么？

她快快举手，骄傲地回答："我长大后当作家，写好多好看的小人书。"

弟弟眨巴着比她还要大的黑眼睛，问她："姐姐，是不是写给我看啊？"

她笑嘻嘻地说："是啊。"

弟弟于是严肃认真地大声宣布："我长大后要做卖烧饼的！因为姐姐爱吃烧饼。"

把嫉妒变成爱

赏析／赵明明

她害怕，因为弟弟，爸爸妈妈不像从前那样爱她；她嫉妒，弟弟一出生，大人们都喜欢他。她觉得弟弟让她失宠了。于是，她做了很多不应该做的事情，她咬弟弟，游戏时弟弟永远只能做强盗。但当别人欺负弟弟时，她还是冲上去，保护弟弟。看到这儿的时候，我们已经知道，对弟弟的爱，就像一颗无意中飘落在心里的种子，时间一长，在她心里生根发芽了。弟弟丢了，她会紧张得大哭；她想当作家，写很多好看的小人书给弟弟。这个时候，爱的种子，在她心里已经开花结果了。当弟弟大声宣布："我长大后要做卖烧饼的！因为姐姐爱吃烧饼。"我们也和姐姐一样，忽然发现，把嫉妒和恐惧变成爱，并没有让自己失去爸爸妈妈的爱，相反，还多了一份弟弟的爱，这是一件多么幸福的事啊！

姐姐，我在你的梦里唱支歌

圣诞节的巡逻兵

我们是兄弟姐妹／请让我紧握你的手／当你的生命如风中飘临的落叶／让我的血融入你的生命／漫漫黑夜将过去／生命亮起黎明的曙光

我的兄弟／我的姐妹／请你拉住我手／我会看到你如花的笑脸

感谢世界／让你我从此亲密无间／让你我永远血脉相连／让你我永远肩并着肩／血脉相连

秀　月

●文/佚　名

月亮瘦成了一弯修眉，不声不响地悬在远天。好美丽好动人的月亮呀！

我的堂姐就叫秀月，她是我童年最要好的伙伴。

我不知道自己母亲的模样，因为早在我两岁时她便离开了人世。从我记事起，街坊邻居家的大叔大婶们就很怜悯我。那是一个北风呼呼叫的冬天，吝啬的太阳不肯给大地多一点暖意。我正无聊地踢着一块石子在小胡同里来回走，小五奶奶见我穿着单薄，便解开衣襟把我揽进怀里，眼泪汪汪地说，你那狠心的娘呀，怎么就舍得抛下你走呢！黄连树上结出的娃娃，我的苦孩，以后就带到我家来吧，让秀月姐姐和你一起玩。秀月姐是小五奶奶的大孙女，从此，我和秀月姐就成好得不能再好的小伙伴了。

秀月姐长我五岁，高个头，很胖。她胆子大，会爬树，敢下水摸鱼，敢一个人带我去村西边的大山里摘酸枣、割牛草。累了，我俩就以荆丛为隐，以山岩做障，开心地藏会儿猫猫。不经意中，偶尔还能发现松鼠和刺猬下山的景观。空谷野趣，一幕幕，曾经把我带进一个怎样美妙的境界啊。

一个夏天的上午，天气蒸笼似的热，我俩又来到山里割牛草，直累得秀月姐一身热汗，一身泥土。那一弯清澈的山溪横在我们眼前了，秀月姐先帮我洗净身上的汗渍，然后又让我在不远处替她看着人，脱去上衣，卷起裤腿，便哗哗地，一任撩起的清涟沐浴如玉的肌肤。

秀月姐好美，微红的脸膛，那是太阳对一个乡下女孩的馈赠，大大的眼睛，身上很白净。望着她肉嘟嘟的脊背，我恶作剧地喊了声："来人了！"这一声，直吓得秀月姐一下子蹲进水里，裤子湿了个精透……

农村的女孩子很少有上学的，我九岁那年，秀月姐却和我一起走进了学校的大门，而且坐进了同一间教室。

一次，一个年龄比我大的同学要我的铅笔，我不给，他便动手打我，我哭了。秀月姐见状，一不做，二不休，上去就是一拳，直打得那小子差点儿摔倒。秀月姐聪明好学，成绩在班里总是数一数二。可惜，后来由于她母亲病逝，二年级没念完就辍学了。从此，料理家务、照护三个妹妹的责任便落在了她这个小大姐的身上。再后来，我去投奔了远在关东的大哥，踏上了一条久别家乡的道路，也离开了我几乎天天相处的秀月姐。

往事如烟，三十年眨眼即逝。去年秋，肥桃飘香的季节，我借去山东出差的机会，终于返回了故里。自然，我首先向人们打听的就是秀月姐了。

秀月姐很好。她们那里盛产山东肥桃，她家责任田栽种的五亩桃树全都挂果，她早就是几万元户了。有人送来了秀月姐的喜讯。

秀月姐命苦。八年前她丈夫抽水浇地时不幸触电身亡，人死了大半天才被发现，还抛下一个哑儿子、一个瞎儿子留给秀月。又有人这样向我透露。

可以想像，秀月姐的日子一定很凄苦。可我不明白，像秀月姐这样的好人，这种不幸怎么会落到她的头上。

返回故里，旧地重游，本是件很高兴的事，可一想那秀月姐，心里总疙疙瘩瘩地愉快不起来。一连几天，无论企业领导为我举行的接风"便宴"，还是乡邻旧友为我摆下的美味佳肴，都没能挑起我的兴趣。

八月末，正是抢收肥桃的季节。秀月姐听说我回来了，丢下手头正忙的活计，特地赶二十多里路来看我。那天，我却去了另一家企业采访，根本没回来，直害得秀月姐等到弯月坠地时才悻悻离去。采访结束，归期也到了。在将要离开故乡那天，我特意绕路去看望秀月姐。几经询问，总算找到了秀月姐的家门，可她人没在。一位古稀老太太对我说，这会儿秀月正在桃园子忙哩，你找她做甚？我说我是她分别三十年的弟弟，专程来看望她的。好人，好人！你姐可是积了大德的好人。

老人缺了两颗门牙，说话漏风，但我还是听懂了她的话。她说她是秀月姐的邻居，老伴死了几年，身边无儿无女，多亏秀月姐照顾，才没缺吃、没缺穿。

于是，吉普车在半山半平原的乡间土路上又颠簸起来。因有一学生模样的男孩领路，很快便来到了秀月姐的桃园子。男孩指着一片郁郁葱葱的桃林告诉我，秀月姐家的肥桃甜着呢，外地来的采购员都乐意到她的园子买桃。男孩还说，秀月姐家每年下来的第一茬肥桃，总要给村里各家送一些，让四邻八舍尝鲜。村里人都夸秀月姐，即使她家桃园子没人看守，也不会丢一个桃子的。

桃园子里不见秀月姐的影儿，只有一个双目失明的男孩坐在临时搭起的窝棚旁，正用枝条子修补着一个桃筐。他就是秀月姐的儿子。他告诉我，他娘一大早就去收购站送桃子了，八成快回来了。站在秀月姐的桃园子边，嗅着阵阵扑鼻而来的桃香，我看见，在用玉米秸搭成的三角窝棚旁还放着一筐白里透红、熟得让人流口水的肥桃，桃筐前边立了一块黑色木板，上边歪歪扭扭地写着两行粉笔字：请尝个鲜吧，自己挑，不要钱。

未见秀月姐的面，却已知秀月姐的心。那是一片温暖质朴的净地，那是一个无私坦荡的胸怀。秀月姐呀，您可曾知道，在商潮汹涌的大千世界里，有多少人利欲熏心，他们斤斤两两地计较，分分文文地争执，为了赚钱，有的甚至不顾糟蹋掉良心道德，将假冒伪劣的商品大把大把地抛撒，使坑蒙拐骗之恶行充斥市井；然而你，这尘世的五颜六色却没有迷住你的眼睛，你的心地还是那样的纯正，灵魂依然那样的透亮，视陌路人如一家亲，把友善、把真诚、把爱心一股脑地端出来,捧给人们。

那天,我等了很久才见到秀月姐。一见面秀月姐便拉着我的手泣不成声,我的嗓子里也像堵个什么东西,哽咽着说不出一句话。就这样,三十年的分别,三十年的怀念,三十年梦想中的倾诉,顷刻间却凝固成了一阵久久的沉默……

时间不早了,我该上路了。我看见秀月姐眼圈红红的,紧咬着嘴唇,默默地一个人走进桃园子深处,又默默地搬出一纸箱包装好的肥桃,放进我的吉普车里。当秀月姐又一次走进园子再搬箱的时候,望着她疲惫且已苍老消瘦的模样,我心里实在不忍,劝她不要再搬了。可秀月姐摆摆手,示意不肯。从她那满含依恋的眼神里我看得出,她是要为我这远道而来的弟弟多尽一点姐姐的情分呀。

一颗清澈透明的心

赏析／杨　丹

分别三十年后,当"我"重回到故乡,眼前浮现的是,童年最亲密的伙伴堂姐秀月。那些和秀月姐嬉戏打闹的日子,成为了"我"童年最美好的时光。和秀月姐见面几经波折,但"我"却感受到了姐姐温暖质朴的心,无私坦荡的胸怀。姐姐面对残酷的生活,依然保持乐观的心态,她善良、真诚地对待身边的每一个人。"我"再一次从姐姐身上学到了很多东西,知道了自己以后的人生道路该怎么走。

真诚和友善好像一轮清澈透明的弯月,当你把它们送给别人的时候,你也会被它们照亮。

当幸运没有降临到我们头上，你是不是也会同样怀着一颗宽容的心，去迎接每一天的太阳。

二　姐

● 文/雪小禅

二姐在我们家的地位很特殊。她是我们家的人，却只在家里待过六年，六年之后，他被大伯领走，做了人家的女儿。

大伯不能生育，于是和父亲说想要他的一个孩子，父亲和母亲商量了一下就同意了。

四个孩子，大哥、二姐、我和小弟，两个女孩儿两个男孩儿，父母当然考虑是把一个女孩儿送出去，他们首先考虑的是我，因为那时我四岁，小一些更容易收养。但我哭我闹，我说不要别人做我的爹妈，四岁的我已经知道和父母斗争。父母问二姐要不要去？二姐说："我去吧。"那时她只有六岁。

这一去，我们的命运就有天壤之别。我家在北京，而大伯家在河北的一个小城，我去过那个小城，偏僻、贫穷、萧条，风沙大，脏乱差，而大伯不过是一个化肥厂的工人，伯母是纺织厂的女工，家庭条件可想而知。二姐走的时候还觉不出差异，但三十年之后，北京和那个小城简直是不能相提并论了。

二姐从此离了家，她做了大伯的女儿，管大伯、伯母叫爸爸妈妈，管自己的亲生父母叫二叔二婶。二姐走后的好长一段时间，母亲总是一个人躲在角落里偷偷流泪。是啊，二姐也是母亲身上掉下来的肉，她一个小孩子远离亲生父母到一个陌生的地方去受苦，想来怎么能不让大人心疼呢。实在想得不行，母亲总会隔三差五地去小城看看二姐。二姐过年过节偶尔也会回来看我们。离别，不仅是母亲，我们兄弟妹也跟着泪水涟涟，真是舍不得二姐走啊。可这个曾经的温暖的家已不再是她的家了，她的家在那个贫苦的小城，她不走不行啊。好在我们还算听话，母亲在儿女双全的幸福中念叨二姐的次数渐渐少了。十几年之后，因为工作忙加上心灵上的那种疏远，二姐和我们仿佛隔了山和海了。

再见到二姐，是她没考上大学。大伯带着她来北京想办法，是复读还是上班？父母的态度很模糊，二姐是没有北京户口了，大哥因为有北京户口，很轻易就上了北京外国语学院，虽然二姐考的分数并不低，但在河北连三流的大学也上不了。

父亲说："来北京复读也不是很方便，不如就找个班上吧。"

母亲也在一边说："按说，我们应该把二丫接到北京读书的，可是我们现在也没有这个能力啊。如果回去一时找不到工作，我们再一同想办法。"

虽然大伯心中多少有些不快，但他还是很理解父母的难处，便说："是啊，大家都有难处，只是怕误了二丫头一辈子呢！"

二姐再来我们家时，已长成大姑娘了。可她的头发黄，人瘦而黑，好像与我们不是一母所生。她穿衣服很乱，总是花花绿绿的，因为新，就更显出神态的局促来，而我们那时已经穿很时尚的牛仔裤了。母亲总是无限伤感地叹息："哎！苦命的孩子啊。如果当时不把你二姐送出去，她今天怎么也不会成这个样子。同是一母所生，命运竟是如此截然不同，我这辈子恐怕最愧对的就是你二姐了……"

母亲每每说起二姐，便会情不自禁地落泪。可是二姐始终说伯父伯母是天下最好的父母亲。她和大伯一起来的时候，总给人"刘姥姥进大观园"的感觉，好像什么也没见过。可她对伯父的爱戴和孝顺很让人感动。

大伯有一次兴冲冲地从外面回来，手里拿着一个头花，他说花了五块钱在楼下买的，二姐就喜欢得什么似的。我心里一动，长到十六岁，父亲从没有给我买过头花什么的，他这时候已是政界要员，一天到晚嘴里挂着的全是政治。只有母亲在这个时候给二姐买许多新衣服、食品之类的东西,想必是母亲对女儿的最好补偿吧。

那次之后,二姐直到结婚才又来。

二姐二十二岁就结了婚。十九岁她参加了工作,在大伯那家化肥厂上班,每天三班倒,工作辛苦工资却不高。后来,经人介绍,嫁给了单位的司机,她带着那个司机、我所谓的姐夫来我家时,我已经在北京大学上大二了,当我看到她穿得花团锦簇带着一个脏兮兮的男人坐在客厅时,我打了一声招呼就回了自己的房间。

那时我已经在联系出国的事宜,可我的二姐却嫁为人妇了。说实话,因为经历不同,所处环境不同,二姐说话办事、风度气质、言谈举止与我们有天壤之别,我从心底里看不起二姐,认为她是乡下人。大哥去了澳大利亚,小弟又在北京师范大学上大一,只有她在一家化肥厂上班,还嫁了一个看起来那么恶俗的司机。我和小弟对她的态度更加恶劣,就给她脸色看,二姐却显得非常宽容,根本不与我们计较,依然把我们叫得亲甜。二姐不会吃西餐,二姐不知道微波炉是做什么用的,二姐不爱吃香辣蟹,让她点菜,她只会点一个鱼香肉丝,而且一直说,好吃好吃,北京的鱼香肉丝比家里做的要好吃。

这就是我的二姐,一个已经让我们感觉羞愧的乡下女人。

几年之后,她下岗了,孩子才五岁。大伯去世,她和伯母一起生活,二姐夫开始赌钱,两口子经常吵架,这些都是伯母打电话来说的。而她告诉我们的是:放心吧,我在这里过得好着呢,上班一个月六百多,有根对我好。有根是我的二姐夫。

大哥在澳大利亚结了婚,一个月不来一次电话,我办了去美国的手续,小弟也说要去新加坡留学,留在父母身边的居然是二姐了。

不久大哥在澳大利亚有了孩子,想请个人过去给他带孩子,那时父母身体都不太好,于是大哥打电话给二姐,请她帮忙。二姐二话没说就去了澳大利亚,这一去就是两年。后来大哥说,在我最困难的时候,是二妹帮了我啊!

但我一直觉得大家还是看不起二姐,她文化不高,又下了岗,况且说着那个小城的土话，虽然我们表面上和她也很亲热，但心里的隔阂并不是轻易就能去掉的。我去了美国，小弟去了新加坡之后，伯母也去世了，于是她来到父母身边照顾父母。

偶尔我给大哥和小弟打电话，电话中大哥和小弟就流露出很多微词。小弟说："她为什么要回北京？你想想，咱爸咱妈一辈子得攒多少钱啊？她肯定有想法！"说实话，我也是这么想的，她肯定是为财产而去的，她在那个小城一个月死做活做五六百元，而到了父母那里就是几千块啊。我们往家里打电话越来越少了，直到有一天母亲打电话来说，父亲不行了。

我们赶到家的时候才发现父亲一年前就中风了，但二姐阻拦了母亲不让她告诉我们，说是会因此分心影响我们的事业。这一年，是二姐衣不解带地伺候父亲。母亲泣不成声地说："苦了你二姐啊，如果不是她，你爸爸怎能活到今天……"

我看了一眼二姐，她又瘦了，而且头上居然有了白发，但我转念一想，说不定她是为财产而来的呢！

当母亲还要夸二姐时，我心浮气躁地说："行了行了，这年头人心隔肚皮，谁知道谁怎么回事？也许是为了什么目的呢！"

"啪"，母亲给了我一个耳光，接着说："我早就看透了你们，你们都太自私、卑鄙。你想想吧，你二姐吃了多少苦受了多少罪！她这都是替你的！想当初，是要把你送给你大伯的啊！"

我沉默了。是啊，一念之差，我和二姐的命运好像天上地下。二姐因为太老实，常常会被喝醉了酒的姐夫殴打，两年前他们离了婚，二姐一个人既要带孩子还要照顾父母，而我们还这样想她，也许是我们接触外界的污染太多，变得太世俗了，连自己的亲二姐对母亲无私的爱也要与卑俗联系在一起。

晚上，母亲与我一起睡时，满眼泪光地说："看到你们现在一个个活得光彩照人，我越来越内疚、心疼，我对不起你二姐啊。"我轻描淡写地说："这都是人的命，所以，你也别多想了。"母亲只顾感伤，并没有觉察出我的冷淡。她接着说："那天晚上我和你二姐谈了一夜，想把我们的财产给她一半作为补偿，因为她受的苦太多了，但你二姐居然拒绝了。她说她已经得到了最好的财产，她得到了双份的爱，还有比这更珍贵的财产吗……"

我听了大吃一惊，简直不敢相信自己的耳朵，可母亲话未说完已泪流满面泣不成声，我不由得不信，渐渐地，我的眼圈也湿了，背过身去在心里默默叫着：二姐！二姐！我误解你了，你受苦了啊！

父亲去世后二姐回到了北京，和母亲生活在一起，母亲说："没想到我生了四个孩子，最不疼爱的那个最后回到了我的身边。"

过年的时候我们全回了北京。大哥给二姐买了一件红色的羽绒服，我给二姐买了一条羊绒的红色围巾，小弟给二姐买了一条红裤子。因为我们兄弟妹三个居然都记得：今年是二姐的本命年。

拥有双份的爱

赏析／杨 丹

二姐是家里惟一的"乡下人"，是惟一没有考上大学的人，是从小被大伯领走做了人家女儿的人，但二姐也是家里最孝顺父母的人，最照顾兄弟姐妹的人。

在决定把"我"还是她送给大伯做女儿时，二姐选择了自己。因为没有北京户口，二姐虽然考的分数并不低，但也没能上大学。二姐始终说伯父伯母是天下最好的父母亲，也主动承担了照顾亲生父母的重担。因为二姐有一颗宽容的心，所以她总是心存感激的面对生活。

当幸运没有降临到我们头上，你是不是也会同样怀着一颗宽容的心，去迎接每一天的太阳。

很多时候，我们身边的人会说出善意的"谎言"，那是出于对我们的爱，是一种更加无私的感情。

长 姐 如 母

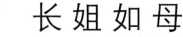

●文/艾 英

姐姐大我六岁，比我下面六个弟弟妹妹中最小的弟弟大整整二十岁。因妈妈身体不好，所以我们几个弟弟妹妹的尿布都是姐姐洗的，一个一个也都是由姐姐抱大的。每天晚上除了吃奶的孩子和妈妈睡之外，其余的都交给了姐姐。晚上我和弟弟妹妹们洗屁股、洗脚，夜里撒尿；早晨穿衣服、洗脸、弄吃的，姐姐都全部承担下来。所以在我和弟弟妹妹眼里，姐姐的地位和妈妈一样高。

从我记事起，姐姐夜里睡觉从来都不脱衣服，因为她夜里要起来十几次，给这个掖掖被子，叫那个起来尿尿。怕最小的两个尿床，她的被窝里总是左面一个右面一个。

等把我们都安顿好了，她才拿起书来，可还没看两眼，妈妈就发话了："不早了，赶快睡觉吧，用电多了隔壁的五婶儿又要指桑骂槐了（当时几家合用一个电表）。"

姐姐一边深深地叹口气，一边低声说："我就睡。"

好多次我一觉醒来，都还能听到姐姐低低的背书声。在我的记忆中，姐姐在她们班级里的成绩总是第一名。可是因为家里孩子多，需要帮手，也为了能让我们都能安心上学，她十几岁就参加了工作。

孩子多的家里是需要有秩序的，没有秩序家里就乱了套。为了维持秩序，妈妈的绝招儿就是打。我们在家里吵嘴打架要挨打，剐破了衣服、打碎了碗碟要挨打，我们出去玩不告知去向要挨打。所以我和弟弟妹妹们从小到大不知挨了多少打。

每逢我们挨打时，姐姐总是苦苦地为我们求情，并用身体护着我们。为此，不少应该落在我们身上的拳头都转移到她的身上，所以她身上也总是青一块紫一块的。

一次和别的孩子们去树上摘榆钱，不小心把裤子剐破了，我吓坏了不敢回家，用书包遮住屁股一路小跑跑到姐姐单位。姐姐一面安慰我，一面赶紧找针线给我又缝又补的，但忙乎了半天，还有一个口子对不上。我急得哭了，姐姐也急得团团转。最后她急中生智，在她裤脚的里子上取下一块布，总算过了关。

但不久妈妈就发现了这个秘密。那时妈妈想把姐姐的那条裤子的裤腿放下来再改一改，给一天天长高的大弟弟穿，拆裤脚时突然发现裤脚里子上少了一块布，姐姐当即被气急败坏的妈妈大骂一顿。姐姐也只是流泪，一句分辩的话都没有。至今我都忘不了姐姐代我受过的样子。

妈妈规定我们吃菜时，筷子不能在盘子里乱翻，而且不能越过盘子的中心线，谁的筷子一违规，妈妈的筷子就准确地敲在谁的头上。

记得我们家爱吃一种用醋熬的小干鱼，鱼本来就小，身上肉就不多，鱼头更没什么吃头。所以我们的筷子都变成了锋利的小刀，一刀下去，身子夹上来了，鱼头留在盘子里。妈妈见了就又要动用她的武器，姐姐急忙说：鱼头含钙量高，我最爱吃鱼头。一面说着一面往自己的碗里猛拨鱼头。当时我们还真的以为姐姐爱吃鱼头，所以每逢吃小鱼时，我们总是理直气壮地把鱼头拨给姐姐。

如果赶上逢年过节，面对桌子上的肉菜，我们的筷子又都长了眼睛，一筷子下去，肉上来了，菜全部留在盘子里。姐姐又说自己爱吃素菜，把剩在盘子里的菜全部拨到自己的碗里。偶尔爸爸买回糖果点心之类，我们立刻围上去，眼巴巴地等着妈妈给我们分。姐姐总是说她不爱吃甜的，把她那一份匀给我们吃。我还记得姐姐爱吃剩饭、爱吃粗粮……

直到姐姐六十大寿时，我特意为她熬了一碗新鲜的小白条鱼，当我为姐姐往碗里夹鱼头时，特别提到了姐姐的爱好，姐姐这才笑着说：那时候东西少、金贵，有好东西先让你们吃，我看着你们吃我高兴。我吃你们剩下的和你们不爱吃的，是为了避免你们挨打。其实当时，我和你们一样，爱吃肉、爱吃鱼、爱吃新鲜的饭菜、爱吃点心、爱吃糖……听到这里，我心里有说不出的难受，这样的一个善意的谎言竟然瞒了这么多年。

当我被录取到一所重点学校时，姐姐提出不用家里一分钱，我上大学的一切费用她全包了。她当时的工资也不高，甚至连当时最时髦的"三转一响一咔嚓"(缝纫机、自行车、手表和收音机、照相机)都没置全。但是她不仅给我学费、生活费，连我穿的、用的都给我置办齐全，甚至卫生纸都给我带上一大摞。以后我和弟弟妹妹们结婚、生儿育女都是姐姐帮助操持的。她做被子一做就是十几床，做小孩子的衣服也是一包一包的，不熟悉的人都以为姐姐是我妈妈呢。

爱是善意的谎言

赏析/杨　丹

故事中的姐姐承担了照顾弟弟妹妹的重担，是大家心目中和妈妈地位一样高的好姐姐。但她也是一个爱说"谎言"的姐姐。她总说自己爱吃鱼头、不爱吃甜的，爱吃剩饭、爱吃粗粮……当许多年后，这些善意"谎言"真相大白后，"我"终于理解了姐姐无私的爱。

很多时候，我们身边的人会说出善意的"谎言"，那是出于对我们的爱，是一种更加无私的感情。

感动系列

虽然姐姐美微只比"我"早出生一秒钟，但她却表现出了作为姐姐的宽容、体贴和忍让。

大一秒的姐姐

●文/王苹

　　下午放学的铃声刚刚响过，邻桌的美微就如往常一样，被一群和她一个模子里刻出来的书呆子们给围住了。竟然有几个高二的学生也来凑热闹，拉了她去讲数学题。跟几何中的圆柱相差无二的美微，在被人"五马分尸"似的窘迫里，求助似的默默看了我一眼。

　　我知道她的意思，是让我别再给父母"谎报军情"，实事求是一次。我却是瞥了眼人群里风光无限的美微，一扬精心修理过的刘海儿，哼着欢快的小曲儿，高傲地走出了教室。走到门口的时候，听见背后有人"哎呀！"一声大叫。回过头去，见是美微，正捂着被人拉扯之中碰掉了一块皮的臂肘，痛苦地蹙着胖胖的眉头呢。终于忍不住，我报复似的哈哈大笑起来，直到那群"三好生"们，把我当成众矢之的，将一大片眼白愤愤地射向我，才心满意足地继续哼着歌儿、一路闲闲地溜达着回家去了。

　　刚回到家，屁股还没沾到沙发上，就听见妈妈极温柔极关切地问："美琪，你姐姐美微呢？是不是还在专心学习啊？"我拿起遥控器，"啪"一声打开电视机，有一眼没一眼地看不知名的肥皂剧，理也不理妈妈的问话。被她一遍遍问得烦了，才懒懒地应付道："学什么习，玩得'乐不思您'了"。妈妈拿审讯的眼光看了我足足有五分钟：我知道接下来的游戏，该是对我"严刑拷打"，看我是不是又撒谎了，再然后当然是将矛头一转，又拿我和她的宝贝女儿"美微(味)佳肴"作对比了。不愿这样无休无止地与她辩论下去，干脆"坦白从宽"：她这样的人，除了学习，还能干什么？这次妈妈总算是"满意而归"，边自言自语地嘟囔着：我就知道美微勤奋，小时候抓阄都抓书本呢！边下厨房给美微做营养美味去了。

有时候我常常想，早知道有美微这样一个成绩好得让我嫉妒又让我不屑的双胞胎姐姐，还不如在妈妈肚子里"牺牲"掉的好，除了继承了妈妈光彩照人的美丽容颜，和让爸爸贫穷了一辈子的艺术细胞，我几乎没有丝毫像美微一样对文理皆游刃有余的天分。尽管爸爸在一个发行量不大的杂志社做着美编，以后有可能还要靠绘画继续谋生下去；可对我的绘画爱好，他却始终与妈妈站在同一战壕里：不但不支持，而且试图全面封杀。他们希望我像美微一样，有着做律师、医生或是翻译的美好又能赚大笔 Money 的理想；最次，也要上个二类大学的热门专业吧。

对这样的期望，我不只"力不足"，心里连想也不想。父母把家里的画笔、画纸和颜料统统藏了起来，我便骗了钱跑到学校里去买。上自习的时候，用课本遮了纸，偷偷地给周围的同学画千姿百态的动作图。班里的人快被我画遍了，惟独美微，从没上过我的画纸。并不是怕她的五短身材在纸上施展不开，实在是她过得太刻板太无聊。除了上课的时候，眼睛会随着老师的指令做直线或曲线运动，其余的时间，则会把头一动不动地埋到书堆里去。我斜斜地瞥她一眼，看她落满雀斑的鼻子上，厚厚的眼镜快滑下来了，便故意使坏，"嗨"地趴在她耳边大叫一声，美微摇摇欲坠的眼镜立刻"啪"一下掉在书桌上了。她刚要发怒，见是我，便熄了火，温柔地用小纸条规劝道："美琪，还是收收心，好好学习吧，就算为了父母，还不行吗？还有，不要在课上画画，好吗？美术学院也是要考文化课的啊。"署名是千篇一律的"姐姐美微"。我烦她这种老好人的姿态，表面上对你轻声细语，背地里则两面三刀，在父母面前告我的状。尽管没有抓到任何的证据，可我还是怀疑，她曾把我在课上不好好听讲专心画画的事，告诉过父母；否则，他们不会在饭桌上含沙射影地警告我：再不务正业、小心吃鞋底！

　　我当然不惧怕吃鞋底，小学的时候就吃过了。记得那时死活不愿上学，赖在家里看樱桃小丸子。美微看我大有要挨打的趋势，就静静地呆在一旁等我一块去上学，任凭爸妈怎么撵也不走。爸爸看美微也要迟到了，真的发了火，我知道赖不过去，只好乖乖地背起书包去上学。回头看见后面一大一小两个人，寸步不离地紧跟着我。大的是父亲，虎着脸，手里还拿着只布鞋。小的是美微，大气不敢出一口，像是那只布鞋要打的不是我，而是她自己。

　　到了中学就没有再吃过鞋底。所以愈发地肆无忌惮。若不是怕美微这个似乎被上天派下来专门做特务监视我的人，步步紧逼着，估计我早就入了坏孩子的帮派，且做了女老大了。可天性难改，有一次还是用傲慢的言辞，激怒了在课上当场撕碎了我的画纸的数学老师。老板(班)因而给我下了最后通牒：要么回家反思一个月，要么把父母叫来。两者没有一个是我愿意选择的。

　　那天中午放了学，我不理美微的好言相劝，跟着她去老板那儿认错；而是很生硬地推开挡住了去路的她，冷冷地丢下一句：要去你去！不就是想看我的笑话吗？赶紧回家给爸妈汇报啊，这样你就可以看到更大的笑话！说完，我一扭头，走开了。

　　一个人很郁闷地漫天目的地往前走。后边有熟悉的脚步声，踢踢踏踏地紧跟着；像一双自己便会走路的凉拖，十几年了，就一直这样不紧不慢地在身后吧嗒着，一副永远也甩不掉的样子，命运真是不公平啊，几乎只差了一秒，比她晚来到人间，却注定了一辈子都要比她落后，受她监视，做她绿叶，又被她比得一无是处。

　　这样想着的时候，便听见身后有人在高声地争吵。漫不经心地回过头去，见那站在人群里与三个同班同学脸红脖子粗地对峙着的，竟是说句话都害羞的美微！

　　风把她们的争吵支离破碎地吹过来，才明白是三个同学在幸灾乐祸地议论我，说我的狂傲不羁、蛮横霸道，今天终于遭了惩罚。她们没想到后面跟着美微，更没想到，一向宽容忍让且与她们关系不错的美微，会将昔日的"好学生"风范抛到九霄云外去，怒气冲冲地追上来，找她们评理。路上每一个经过的学生都会停下来，好奇地看她们一眼。隔得远远的，我听见美微激愤的言语里都能拧出泪来了。我在愈来愈多的观看客里，怒不可遏地冲过去拨开人群，一字一句地说：沈美微，麻烦你别再让我出更大的丑，丢更多的人了！

美微一下子停止了争吵，呆呆地看了我几分钟，而后扭头跑开了。可这一次，却并没有以往报复她的快感；取而代之的，是莫明其妙的泪，哗哗地流下来。

推开家门，看到一家人并排坐在沙发上，摆好了模拟法庭的阵势。美微的眼红红的，肿得跟桃子似的。爸妈的脸色倒不如想像的那样糟糕。空气里有种尴尬、紧张，又努力要松弛下来的味道。还没等爸爸开口"请"我坐下，美微就起身去了书房。我瞥了眼她温驯的好孩子模样，狼牙山五壮士似的把心一横，坐在了爸妈的面前。

从没想到会是这样的结果，老板打电话告知了我的劣行，而一向把绘画视作洪水猛兽的父母，竟是很轻易地就原谅了我的错误；且宽宏大量地给我下了特赦令：只要我答应在课上不再画画，他们可以把一间书房让出来给我作画室，且满足我一切的绘画所需！

那天晚上我太兴奋了，以至于第一次没有看电视，而是跑到卧室里看书。看着看着，手又疼了，随手扯过一张纸，画了一座漂亮的房子。向阳的一面，有一个朝着小花园的木格子窗户，敞敞亮亮地开着：里面探出一个清清爽爽的女孩子，眯着眼微微地笑着；淡淡的花香，正一丝丝地飘过来。

正画着，听见客厅里有人在微微地哭泣。爸爸的声音低低地传过来："你能这样护着美琪，爸妈都很欣慰啊。她这样执拗任性，以后会吃不少的亏；有你在，我们就放心了。她闯了祸，你都原谅她了；这次冲你发脾气，就再忍让她一次吧。"

我盯着那张探出一个小脑瓜的窗口，突然间明白，美微原来也是一个小孩子，作为姐姐的宽容、体贴和忍让，她有。可女孩子的敏感、自尊、爱耍小脾气、渴求关爱和疼惜的心，她也有同样的一颗啊。可是只比她小了一秒的我，为什么十几年来，却一直都不明白？

临睡觉的时候,我偷偷下床,把那张画夹在美微的课本里。那张画上的窗口里,又探出另一张可爱的笑脸:胖胖的,眼睛细得眯成一条缝,鼻翼上点点的雀斑,在第一缕晨曦里,闪烁着迷人的光泽。

不用说,你也知道,那个女孩子,便是大我一秒的美微。

爱是一种相互包容

赏析／杨　丹

虽然姐姐美微只比“我”早出生一秒钟,但她却表现出了作为姐姐的宽容、体贴和忍让。而“我”却嫉妒姐姐成绩好,常常怀疑她在父母面前告自己的状,对这个每天形影不离的姐姐感到厌倦。直到因为姐姐的坚持,父母终于允许“我”画画了,“我”才感受到了姐姐的包容和忍让。

在我们的生活中,与人相处要学会包容,你包容了别人的缺点,别人也会包容你的缺点。相互理解,相互爱护,快乐才会更多一点儿。

爱有时是充满无限力量的，它能让人重新获得生活的勇气。

深夜，那盏灯

● 文/乐 耕

那一年的春天，我被一场飞来车祸轧断了双腿，造成粉碎性骨折。医生说,治愈的希望很渺茫。除了整天瞪着天花板挨着以泪洗面的日子,还能做什么呢?

在小学教音乐的姐姐给我抱来了高中课本,默默地放在我枕边。我怒气冲冲,一股脑儿地将它们撒了一地。姐姐弯下腰,一本一本拾起来,大滴大滴的泪水从她眼睛里涌出来,我忍不住失声痛哭。

一天夜里,姐姐突然推门进来,把我扶起,指着对面那栋黑黢黢的楼房,激动地说:"弟弟,瞧见那扇窗子了吗?三楼,从左边数起第二个窗户?"她告诉我里面住着一个全身瘫痪的姑娘,和她的盲人母亲相依为命。姑娘白天为一家工厂糊鞋盒,晚上拼命地读书和写作。才十七岁,已发表了十几万字的作品……看着那扇窗子的灯光,我脸红了。

"弟弟,拿出勇气来呀!"

打那时起,那扇窗口的灯光时时陪伴着我。只要能看到那束柔和的灯光,我就不由自主地拿起枕边的课本。

在一个大雨滂沱的下午,姐姐为了抢救一名落水儿童,竟不幸牺牲了! 噩耗传来,全家悲痛欲绝。

夜幕降临,凉风习习,我躺在床上,辗转反侧,泪流满面。突然,一束柔和的灯光射到我脸上,我心里倏地起了个念头:我想见见那位姑娘,把姐姐的故事讲给她听,还要……还要感谢她夜晚的灯光,伴我度过了这个难熬的季节。我拄着双拐,跌跌撞撞地爬上那幢楼,轻轻叩响了门。

没有回音,我使劲敲了敲它。对面的房门打开了,一位慈眉善目的老太太上下打量着我说:"小伙子,别敲了,那是一间空房。"

我呆住了。

"……从前我儿子住在这儿,后来他调走了,这间房一直空着。两个月前,一个长辫儿姑娘赁下了,可说也奇怪,她并不住在这儿,只是吩咐我晚上把电灯拉亮,第二天早上再把灯关掉……"

我突然扔了双拐,跌倒在那扇门前,失声痛哭起来。耳畔似乎又响起姐姐那叮咛的声音:"弟弟,拿出勇气来呀……"

永远不灭的灯光

赏析/杨 丹

在车祸中被轧断双腿的弟弟,对生活失去了信心。姐姐为了让他不再消沉,重新振作,获得生活的勇气,编出了一个全身瘫痪的女孩自强不息,靠自己的努力,发表了十几万字的作品的故事,以此来激励他。在姐姐为了抢救一名落水儿童不幸牺牲后,弟弟知道了真相,懂得了姐姐的良苦用心。

爱有时是充满无限力量的,它能让人重新获得生活的勇气。无论你遇到再大的挫折,只要有了爱,也能战胜它们的。

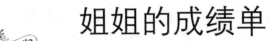

姐姐担心弟弟不懂得好好珍惜能继续读书的机会，又用心良苦的几次涂改成绩单，来激励弟弟。

姐姐的成绩单

● 文/辛　剑

过完"春节"，爹把我们叫到跟前："不是爹不想让你们读书，实在是供不起了……下次大考，谁考的分数高，爹就让谁读。"话刚说完，姐姐的脸上就堆起了阴云——姐姐的成绩是不能与我相提并论的。

新学期第一单元的成绩出来了，最差的一门我也考了八十三分！爹却拿出姐姐的成绩单："考得是不错，但没你姐好，你姐全部八十五分以上。"我愣住了，没想到姐姐有这么大的潜力！为了这惟一的读书机会，我不能输给姐姐！果然，期中考试我考了全班第三。当我骄傲地把成绩单交给爹时，爹却恨铁不成钢地说："娃啊，爹是想让你继续读书，但你怎么就考不过你姐呢……"我接过姐姐的成绩单一看，吓了一跳：姐姐的平均分足足比我高三分！还有两个多月呢，我不再玩"洋片"，不再打弹珠，找了好些练习来做。老师经常表扬我，同学开始羡慕我，但我不敢有丝毫懈怠，因为我知道，姐姐肯定比我还拼命……

期终成绩终于下来了，我考了全班第一，除了有两门功课九十八、九十九外，其他的都是一百分，但我害怕姐姐的成绩单上都是三位数。我拿着成绩单，在校门口不停徘徊，不敢回家。这时，姐姐的班主任走过来，对我说："你是小兰的弟弟吧？你回去跟你爹说一声，让他有空来一趟——我教的学生还没有过像你姐这样的！"

我赶忙跑回家告诉爹，爹叹了口气道："不用了，反正你姐也不读了。"

爹把姐姐的成绩单给我看，上面竟全是红灯，我脱口而出："怎么会这样？"

自从姐姐知道我们之间只有一个人能继续读书后，就决定退出了。她知道我玩心重，如果轻易让我"胜出"，我一定不会好好珍惜这个机会，所以她一面偷偷帮爹干活，一面悄悄涂改了成绩单……

正在我感慨万千时，下地干活的姐姐回来了，见我手中正拿着她的成绩单，她一把夺了过去，红着脸说："姐没考好……"

我大声反驳："不，你的成绩都是一百分！"说完，我已泪流满面……

"用心良苦"的成绩单

赏析／杨　丹

这个故事刚读起来，是讲述姐弟俩"争夺"上学的机会。读到最后，我们不禁为姐姐博大的爱而感动。从知道自己和弟弟只有一个人可以继续读书时，姐姐就已经下了决心，放弃读书的机会，让给弟弟，让弟弟将来能有美好的前程。后来，姐姐担心弟弟不懂得好好珍惜能继续读书的机会，又用心良苦的几次涂改成绩单，来激励弟弟。

因为拥有博大的爱，才会面对人生重要的抉择时，毅然选择了放弃，把机会留给自己爱的人。

有种爱，就像在寒冷的冬天，一件厚厚的毛衣带给你温暖的感觉一样。

姐姐，我在你的梦里唱支歌

●文/黄东风

姐姐，时钟已经在夜的深处敲了十二下，停下你手中织毛衣的针吧，再过几个小时，我就要离开你，离开我们艰辛相伴的家，坐上北去的列车，到离家很远的一个城市里开始我的大学生活。你手里的毛衣没织好也没关系，那儿的天气虽冷，但有姐姐一颗温暖的心相伴，我的身边无时无处不是春天。

但我不能去阻止你。我怎么能去阻止你心中对弟弟的这份爱呢？在你那母亲一样的关爱下，我终于艰难但却如愿以偿地圆了大学梦。这是我的梦，是我们全家人的梦，但更是你的梦。

那一年你才二十岁，你在高中的学习成绩是那么好，人人都说你一定能考上大学。那时我上初中，我的许多功课都是跟你学的，同学们都羡慕我有你这样一个学习好棒的姐姐，我也确确实实地为我的姐姐感到自豪和骄傲。

那时的你惟一的梦想就是上大学，这是你二十岁人生中的花朵。可是，现实生活却残酷地将这个梦击碎了。那年冬天，父亲被肺病夺去了生命，体弱的母亲也被打击得一病不起，撑起我们家的脊梁柱子倒了，我们姐弟俩再也找不到一个可以遮挡风雨的屋檐，那时的我们就像是两只无家可归的鸟儿那样可怜。

从学校回到家，锅是冷的，水是凉的，四壁是空的，惟一能让我们感觉到生命存在的是躺在床上的母亲。她的病情一天比一天重，我们的心一天比一天急，可是我们没有钱，母亲的生命随时面临着危险，我每时每刻都可能辍学。但这一切都没有难倒你，你在县城一边上学一边打工。你把所有在学校的时间都用在学习上，把所有上课之外的时间都用在挣钱上。你给人家洗过衣服，当过家教，刷过盘子，当过饭店服务员，甚至还到建筑工地干过连男人们都不愿意干的搬砖推灰的小工，凡是县里能挣到钱的活儿你几乎全干了。你的汗水维持住了母亲的生命，养活了我在学校的每一个日子，就这样，我们在你的艰辛中一直把日子维持到第二年的七月。

你终于走进了考场，用你的聪慧和才学书写出了一份优秀的答卷，你以全县最优异的成绩考上了省重点大学。而这时，母亲却永远离开了我们，母亲没能够分享到我们全家的这份快乐，就在你拿着大学录取通知书急急返家的途中，她就永远地离开了我们。母亲的远去，使我们所有的希望和寄托都消失了，摆在我面前的是一条无比艰辛、无比残酷的道路。你可以上大学，而我呢? 继续上学，没有钱;不上学，又没有能力去种好那几亩地，延续生命惟一的路就是沦为乞儿。

那一天，我们姐弟俩抱头痛哭了很久。秋天的冷雨也好像跟我们一起悲伤，一直下个不停，我们心中的秋天更是凄惨。我们姐弟俩的心被一把无形的刀一下一下地割着。后来，姐姐，你不哭了，你的神情绝望而坚定，让我看了感到既安全又恐惧。你从包好的手绢里拿出那张你奋斗了十几年才得到的大学录取通知书对我说:"弟弟，这大学姐姐不上了，没有了爸妈，咱姐弟俩一样能坚强地活下去!"

话，你说得一字一顿的，让我听了感觉有一种极大的力量在促使我们活下去。你的手一下一下地撕着录取通知书，每撕一下，你的泪水就掉一行，我拼命地阻止，拼命地叫喊，但我怎么也掰不开你那坚强的双手，直到大学录取通知书在你的手中化成一把无法粘合的碎片儿，我们姐弟俩已哭成两个泪人儿。

我又重新回到了学校，回到了几乎永远离开我的课桌前，而姐姐你却永远地留在了农村，留在了咱家的那几亩责任田里。开学那天，我从姐姐手中接过给我攒的五十块钱时,我看到你眼中没有泪水,有的只是无限的希望:"弟弟,你一定要好好学习,替姐姐争气,替爸妈争气,你一定要考上大学。"

我听懂了你的话,我发誓般重复着你的话:"替姐姐争气,一定要考上大学。"

在姐姐血汗的滋养下,我上完了初中又上高中。在学校,吃什么我从未敢奢望,只要能填饱肚子就行。但每个学期我都要向姐姐捧回两张奖状,我知道,这是姐姐最希望的。

那时我也想出去打工,想替姐姐在经济上减轻一点儿负担,可姐姐却不让。姐姐知道打工的艰辛。她说,我不要你打工,我只要你考上大学。听着姐姐的话,我又感触到了姐姐心灵深处的震颤,我又看到了姐姐撕掉大学录取通知书的那一幕。我咬着牙又回到了学校,继续珍惜着我那每一个求学的日子。

终于,我没有辜负姐姐的希望,我以全县第一名的成绩领取了那所万人瞩目的军队大学的录取通知书。领回通知书时已是下午,为了能让姐姐尽快看到这一切,让姐姐分享到这份欢乐,我一口气跑了三十多里路连夜赶回了家。昏暗的灯光下,姐姐一手握着我那红色的录取通知书,一手揽着我大声地哭起来,哭声撕心裂肺,把全村的人都惊醒了。许多人都来了,看到这一切,许多人都和我们一起哭。

姐姐明显地老了,从面庞上根本看不出才二十六岁的年龄,艰苦的农田劳作使你又黑又瘦的脸上失去了昔日少女的白皙和丰满,两只手变得又粗又大,且糙裂得像松树皮。你用这样一双手轻轻抚摸着我的头,我在这种母性的触摸中感到一种巨大的心灵震颤。我也哭了,为我,为姐姐,为我们共同拥有的这个家庭和环境。

那天,姐姐杀掉了家里那只惟一的正在下蛋的老母鸡。我们桌上的饭菜丰盛极了,这是我有生以来在我们这个家里第一次吃到这么好的饭菜。吃饭时,姐姐一个劲儿地往我碗里夹菜,一直堆了老高老高,我的泪水也一串一串往下掉……

姐姐,我走了,你放心地睡吧,你的爱永远留在我的记忆中,永远

留在我的生命里。现在,让我为你轻声唱支歌儿吧,相信你在梦中一
定能够听得到……

温暖的心相伴永远

赏析／杨　丹

当"我"即将坐上北去的列车,开始"我"的大学生活时,眼前又一
次出现了姐姐撕掉大学录取通知书的那一幕。这样的场景在"我"遇
到困难,想放弃读书的时候经常出现,而且每次都会激励"我"继续完
成学业。故事中的姐姐是许多放弃学业供弟妹读书的其中一个,很平
凡,但在"我"心中,姐姐一直带着一颗温暖的心,伴随"我"的人生岁
月。

有种爱,就像在寒冷的冬天,一件厚厚的毛衣带给你温暖的感觉
一样。

父母给予孩子的爱是最公平、最无私的。也许你觉得有时候受了冷落，但不要去计较，因为你们是相亲相爱的一家人啊。

姐姐，你是我第一个在雨里等候的女生

● 文/于筱筑

我不是一个自私自利的孩子，至少不全是。但是我实在是不喜欢于庚糠。我讨厌他的成绩老是那么优秀，我讨厌大家的眼光都集中在他身上，我讨厌有大帮女孩子围着他转。所以我把他的奖状撕烂，我把他的大苹果换成我的小苹果，我用粉笔在他光光的头上乱涂乱画，我把橡皮包在糖纸里给他吃。

为此我更加被责骂，为此我更加不喜欢他。

那时候我十三岁，于庚糠十岁。

爸爸妈妈要加班。我第一次被允许周末可以到郊外的姥姥家去玩，但条件是必须带上于庚糠。为了可以吃到外婆用沙罐熬的肉粥，可以和一大帮野孩子到田野里捉迷藏,我违心地带上了他,还答应要把他照顾得好好的。

可是下车的时候我就把妈妈给他的钱抢了过来,还恶狠狠地恐吓他不准告诉妈妈。

我提前一站下了车,我在小路上走得飞快,我故意不等他,然后我看见他跌倒在路上,我开心地哈哈大笑。然后我一直走一直走,可是等我快走到姥姥家的时候再回头,他不见了。

我赶忙回过头去找他。可是我找遍了整条路都找不到。天渐渐地黑下来,田野里一个人都没有,我号啕大哭,又惊又怕地蹒跚着回到外婆家,一进门就看见他坐在地上咧着嘴对我笑,我冲过去拼命拧他:"看你还敢乱跑,看你还敢乱跑……"

但他不哭,也不跟妈妈告状。

于庚糠是我弟弟。

我一直以为爸爸妈妈是不爱我的。他们会在有客人的时候表扬于庚糠而不表扬我,他们会在吃饭的时候给于庚糠夹菜而把我晾在一边,尽管我一直很努力很努力地表现自己。

所以我把对父母的不满全部撒在了于庚糠身上。我抢他的零食和画笔,一直到他长得比我高,我自认为打不过他了为止。可是他还是会让着我,有什么好东西会跑到我的床边:"姐姐,你要不要?"而我总是嗤之以鼻不屑一顾,然后趁他不注意或者睡着的时候偷偷拿过来。

妈妈发现后会骂我。我就会说是他自己不要让给我的,而他则不说话,盯着我看。

我上初二的时候他上五年级。他每次放学都会等我一起回家。有一天,我故意从后门溜了,欢天喜地地往家赶,可是在路口一个骑自行车的中年妇女从拐角杀出来撞倒了我。我疼得坐在地上直掉眼泪,可是她却抓住我不放,说我把她的车把撞歪了……

围观的人越来越多,我委屈得什么话都说不出来。在我低着头搓自己的衣角茫然不知所措的时候,于庚糠冲到我的身前,护住我,"不准欺负我姐姐。"

　　然后他转过头，用手擦我脸上的泪，说："姐姐，我们回家。"

　　回家的路上，我拖住于庚糠的手，他抬起头看我："姐姐，你平时对我那么厉害，现在怎么让别人欺负呢？不过你别怕，我以后保护你。"

　　我的眼泪又掉下来，我看到他的脸红红的。

　　那是我第一次拖他的手。

　　他跟在我屁股后面一直到我考上另外一所学校念高中。可是就当我觉得少了什么开始思念起他的时候，又一件让人难堪的事发生了。

　　我在学校上到第四节课的时候，窗外开始下起瓢泼大雨。我走出校门，看到校门口黑压压站了好多家长，我睁大眼睛，可是怎么也没有看到属于我的身影。雨很大，很多同学都站在门口。我站在人群中，看着连绵不绝的雨，知道爸妈是不会来接我了，我一咬牙冲进了雨里。

　　回到家，妈妈一边给我递上热毛巾，一边埋怨："这么大的人了，也不知道等雨停了再回来。"我换完衣服出来的时候，看见正在开门的爸爸和手上举着两把伞的于庚糠。

　　于庚糠很惊讶地问我："姐姐，没有人给你送伞？"我一股怨气冲上来，"你少假惺惺！他们什么时候关心过我？以前我们是在一个学校，现在不在一起了谁会管我的死活？"

　　大家看着我，都呆了，一向在家里对父母毕恭毕敬的我第一次这么大声地说话，我干脆一口气吼出来："从小到大，你们什么时候关心过我的感受？什么事都以他为中心。什么东西都给他最好的。可是我要的只是和其他同学一样——只是想下雨的时候有个人接我回家。我要的只是一场雨，还有雨中等我的属于我的身影。可是你们都不给我！"

　　说完我就冲回了房里。

　　从此以后，我开始不断地努力。我一定要比于庚糠优秀，我要彻底改变爸爸妈妈的看法，我要让他们为对我不好而后悔。

而后来下雨的日子里，校门口多了一个等我的身影——姥姥。

高三那一年，为了更好地准备考试，我住进了学校。我没怎么回家。而一个春寒料峭的清晨，我却突然发现妈妈站在了教室外面。

姥姥去世了。脑血栓。

我坚持要捧着姥姥的骨灰盒上山。很长的送葬队伍，我和于庚糠走在队伍的最前面。山路陡峭，他好几次要帮我拿手上的骨灰盒都被我拒绝了，姥姥是对我最好的人，我怎么能连送她一程都不送到底？姥姥的坟前，我长跪不起，暗暗发誓要考一所好的大学。

下山的时候，突然觉得身上很温暖，而山风刺骨，我转过头，于庚糠把他的衣服披在了我身上。我要拿下，他按住我："姐姐，我不冷。"

那年夏天，我考上城里数一数二的大学。

放榜的那一天，妈妈邀了好多人来家里庆贺。我感动极了。我跟妈妈说，以前是我不懂事，让你们费心了。妈妈看着我："终于是大孩子了，以后别再欺负你弟弟。"我不好意思地低头，看着和爸爸他们在一起的于庚糠，他已经是大孩子了。

在一旁的姨妈插话："姐姐是没有弟弟受宠的。可是弟弟倒懂得对姐姐好，还叫姥姥每次送伞给你。我看，你们俩该换过来。"

然后他们哈哈大笑。

我没有再拖过他的手，已经有很多女生喜欢他了。但是从姥姥去世以后，我们一直很好很好，我还问有没有女生喜欢他，告诫他一定不能荒废学业，最起码也得考上大学再说。

他果然没有辜负我的期望。

得到他考上大学的消息我急急忙忙往家赶的时候，天上正飘着毛毛细雨，我抱着书本冲出校门，看到于庚糠正站在校门对面等我。

他走过来，很高很帅的样子，说："姐姐，这是我第一次在雨里等女生。"

我看着他。想起那个以前我在他头上画乌龟的小男生；想起走到我床边问我要不要好东西的小男生；想起挡在我前面说要保护我的小男生;想起在山路上给我披衣服的小男生。

我对他笑:"瞧你,都快把我感动得哭了。"

其实我已经哭了。

弟弟为我撑起的那把伞

赏析/杨 丹

一般家庭里年纪小的孩子,总是会得到父母更多的宠爱,就会变得有些蛮不讲理。而这个故事中的弟弟,尽管被姐姐视为讨厌的人,总是受到责骂,可他依然把姐姐当作是最亲近的人。当姐姐故意把他丢在田野里后,他会一个人跑回外婆家,也不和父母告状。在姐姐受了别人的欺负时,他会像男子汉一样挺身而出保护姐姐。在那个下雨天,弟弟撑着伞在学校门前等待姐姐的一幕,感动了故事中的"我"。

父母给予孩子的爱是最公平、最无私的。也许你觉得有时候受了冷落,但不要去计较,因为你们是相亲相爱的一家人啊。

妹妹的那双黑眸子是"我"记忆的往事中永远冲不淡的。

黑　眸

● 文/佚　名

"妈,学校里要组织球赛,我连一双球鞋都没有,怎么参加呀?"看着自己那双已经有些褪色的布鞋,我对母亲叫道。

"唉……现在家里的情况你应该也是知道的,就连你妹妹的学费都还没交完,哪儿会有多余的钱来给你买鞋子呀。"母亲一边帮妹妹梳着头发,一边对我说道。

"妈,可以把我的这双鞋子给哥穿呀。"妹妹边说边脱下自己脚上的那双不久前她过生日时,父亲用三元五角买回的那双白色球鞋。

"傻孩子,你的鞋那么小,你哥根本就穿不上的。"母亲对妹妹说道。

"那怎么办呀。再过两天我们就要开始比赛了。"我的声音里明显地带着浓浓的委屈。

"我待会儿去找运林他妈,看看是否可以先把运林那双球鞋借来给你先用用。"母亲安慰我道。

"又要去借。为什么就有钱给妹妹买鞋子,而当给我买鞋子时就会没钱呢?"

母亲无语。只有妹妹手里还拿着那双小我好几号的球鞋站在我面前。其实许久以前我都梦想着有双属于自己的球鞋,可母亲却老说没钱,这让我有些生气。虽然我也知道父亲给妹妹买鞋子是因为妹妹的那双布鞋已经无法再修补了,父亲才在她过生日时咬着牙给她买了双新鞋，为这，妹妹还高兴得好几天没睡着哩。

"哥。这是外婆新年时给我的压岁钱，我一直都没舍得用，现在给你去买鞋吧。"妹妹从口袋中摸出那张崭新的两角钱递给我，本来我当时是很想接下那张钱的，但当我看到妹妹幼稚而懂事的眼神时，我放弃了那个念头。

比赛的日子终于来临，而我却还是穿着母亲借来的那双球鞋上了"战场"。球场上妹妹一直在为我加油，终于，经过一场又一场的较量后，我们班得了个全校第二，看着那枚球形奖章，我对妹妹笑了，虽然这次没有穿上属于自己的球鞋，而我们还是赢得了比赛。

十八岁那一年，我已经高三了，高考的压力让我喘不过气来，每天穿梭于家与学校之间，夜晚还要把自己埋在那一堆课本里面，而妹妹此时也已经是一名初中三年级的学生了，虽然我们天天可以见面，但却很少在她脸上看到属于她这个年龄女生的灿烂笑容。

漫长的复习终于结束，当我顺利考完所有科目后，心却依旧没有放下，因为我不知道结果将会是如何，如果没有期望的结果，那么我只有像父亲一样，做一个太阳未升起就起床，太阳落下却还未回家的农民，我不希望自己就这样无声地被大山包围，我做梦都想去看看山外的世界。我的这点儿担心丝毫没有逃过妹妹的眼睛。

"哥。你在想什么哩？"不知何时妹妹已站在我的面前。

"哦。没……没什么……"我收起自己那颗凌乱的心。

"哥。放心好了，你一定会考上的。我相信你一定可以的。"煤油灯下，妹妹那双黑黑的眸子里写满信任。

"是呀。我应该相信自己的，可是……如果……"

"哥。你不用担心学费的问题，我已经和妈妈商量过了，如果你考上了的话，我就退学。"妹妹打断我的话。

"退学？？"

"对，退学！"

"为什么？"

"哥，家里现在虽然说生活已经比以前好很多了，但是我知道父亲和母亲已经不再像以前了,他们也都已经老了,如果再让他们为我们两个上学的问题那么辛苦的话,我真的不想看到。"妹妹有些伤感。

"可是。如果你退学的话,那以后该怎么办呢?"

"其实我早已经和阿琳说过了,她姐姐在福建那边打工,每个月都有四百多元的工资,而且吃住都是在厂里的,我算了算除掉每月的零用,还有差不多四百元的存款,有了这么多钱你的学费也就没有多大问题了。"

"你要去做工?"

"嗯……现在不是很多人都去做工挣钱了吗,而且我也想去看看外面的世界,从小就没有出过大山,还不知道外面的天空是什么颜色呢。"

"可是……"

"哥。你别再说了,其实很久以前我就这样想了,只是……妈妈她一直不同意,现在好了。待你的考试结果出来后,一切也都解决了……你早点儿睡吧。明天还要早起呢。"

看着妹妹离去的身影,我不知道自己该说些什么。或许我应该放弃上大学的梦,我期盼着考试结果的出现却又害怕。心情矛盾得让我自己都无法理清头绪。

终于,当邮递员将录取书送到我手上的那一刻时,我忧虑了,我不知道是否应该为自己而庆祝。还没来得及整理自己的心情时,妹妹已经从里屋走了出来,看着我手中的录取书,妹妹哭了。

"哥,你考上了。你考上了。"

看着妹妹脸上还挂着泪珠的笑容,我无法控制自己,泪水湿润了我的眼眶,模糊了我的视线。我和妹妹相拥在充满阳光的院子里。

那天晚上,母亲破天荒做了顿丰盛的晚餐,父亲也因为高兴而多喝了几杯,餐桌前我们一直都没有讲话,最后还是妹妹举起了酒杯。

"哥,你能考上大学多好啊,我和你碰碰杯吧。"妹妹有些激动。

"媚儿,你用茶代吧。"母亲把一杯茶水递给了妹妹。

"不,妈,今天难得都这么高兴,你就让我喝一杯吧。"妹妹没有去接母亲的茶水。

"嗯。妈。你就让妹妹喝完这一杯吧。"我拿起了自己的酒杯和妹妹一碰而饮。

那一晚，妹妹喝醉了，也说了很多话，大部分我都没有听得很清楚，可我却清楚地看到了妹妹的眼泪。那珍珠般的泪珠滑过她那张稚气未尽的脸，落在了那张蓝色的枕布上。

大学的日子是充实的，每天除了准时上课外，我喜欢独自一人待在图书室里，偶尔也会出现在球场上，穿着用妹妹给我寄来的钱买回的那双球鞋，即使是在酷热的六月天，我都能感觉到它传递的情谊。

转眼间四年的大学生活即将结束，离校的那天，妹妹给我打来了电话，说是现在的工厂没有太多的事情可做，所以工资也没很多，每月扣除零用和寄给妈妈的钱外，剩下的已经不是很多了。我笑笑对妹妹说，其实我现在已经可以养活自己了，你不需要再像从前那么辛苦，而且我也已经顺利地找到了一份在广东的工作，待遇还算不错，相信以后会有一定的发展。妹妹的兴奋透过电话线一直传到我内心。许久，我都无法忘却。

工作后的我，每天按时上下班，繁忙一天后，我已经无心再去关心身边的事物了，就连给妹妹的电话也渐渐少了许多，最后干脆就没有打。每每接到妹妹打来的电话，也都是简单地敷衍几句后重重地又挂上电话。渐渐地，妹妹打来的电话也少了，偶尔我良心发现时才又会给她打去电话，可她却已经不再像以前那样有那么多的话和我聊了，我们总会是在一两句机械化的问候后，又各自寻找话题。

二〇〇一年的国庆前夕，妹妹打来电话说是要结婚了，我有些愕然，一时不知道该说些什么，直到我回到已经四年未归的家时，我又看到了妹妹的那双黑眸子，深深的黑眸子，可我已经找不到儿时的那种感觉。妹妹说我变了，变得她已经认不出来了，我笑笑对妹妹说，因为我们已经长大了，所以会有如此之大的变化，可是有些事情在我们心中是永远也不会变的。即使以后当我们已经变成满头白发的老人，时间也不会冲淡那些记忆的往事。

妹妹出嫁的那一天，我作为送亲的亲人，一直将妹妹送到家（妹夫的家），尽管山路那么崎岖不平，汽车依旧稳稳地颠簸前进，我问妹妹婚后准备怎样生活，妹妹笑笑说，还是会回到原来的工厂去工作，虽然钱不是很多，但总比在家起早贪黑地种田要好些，她必须努力地存些钱，以后有了孩子也不会那么苦了。看着妹妹无奈的笑容，我心中一片酸楚。

终于，当我们顺利地将妹妹送进新房后，我拿出了妈妈早已经准备好的六千元的存折交给妹妹。虽然我知道这些钱对于妹妹来说根本不会有很大的帮助，但里面却包含着我和母亲对她的爱。在我再三的劝说下，妹妹接下了那个存折。

时间冲不淡的记忆

赏析／杨　丹

妹妹的那双黑眸子是"我"记忆的往事中永远冲不淡的。就是那双黑眸子，在"我"考上大学后，坚定地放弃了继续读书的机会。可随着时间的流逝，"我"和妹妹之间的联系越来越少，直到"我"又一次看到了那双黑眸子，"我"明白了，我们之间的感情是永远不会变的，是经得起时间的考验的。

有些事情，经历过了很快就会忘记；有些事情，会永远留在我们的内心深处，想忘也忘不掉。

　　因为有对孩子的无私的爱，父母可以背负大山一样的重担，赶快跑到父母面前吧，说出你对他们的爱。

缘　　分

●文/胡　琴

　　妹妹是母亲从外婆的老家领养来的，她来我家纯属缘分。

　　那年，母亲随外婆去老家省亲。那是一个十分贫穷落后的乡村，街道窄得可怜，连市场都十分萧条，母亲只得买一些不够新鲜的水果去访亲了。

　　走进老家的大院，便有人出来接待了。正在闲谈中，母亲看到在大门边的石凳上坐着一个小女孩，身材和脸庞都极为瘦削，惟独一双大大的眼睛呆望着这边。母亲循着她的眼睛回看，发现女孩在看自己手中的苹果。母亲自然会意，于是走过去，掏出一个大大的苹果给她。正待母亲要她先洗再吃时，她已经大口吞咽起来了。母亲于是伤感地问道："谁家的小孩，怎么饿成了这样呀？"

　　亲戚说："陈三叔的孙女，他家儿子早年就没了。一个儿媳妇带着五个娃，苦呀！一天只能吃上一顿饭，能不瘦吗？"

　　母亲怜心大动，随后便提了些水果，牵起小女孩去拜访了她的家人。她家的生活自然是不用言说的贫寒，再从她家的家门走出来时，母亲已经难以甩下小女孩的小手了。

　　就这样，小女孩第一次走出了那个贫瘠的乡村，跨入了我们家的门槛。一向严肃的父亲一见她，心中十分喜爱，脸上挂满了笑容。从此，她走进了我们温馨的大家庭，成了我的妹妹，而她的生活也因此发生了翻天覆地的变化。

父亲给她起了一个温暖的名字——张馨，并和母亲开始为她张罗生活:给她独立安排了一个房间,给她买了许许多多的衣服、文具和生活用品。父亲为她买了很多营养品,说是要让她快点胖起来,因为她真是太瘦了。每天母亲都为她做许许多多好吃的饭菜,甚至父亲也亲自下厨。每天都买最新鲜的水果,在她想吃东西的时候,随时都可以吃到。有一天,她吃着吃着,就流下泪来,母亲问她怎么了,她便一头扎进母亲的怀里,号哭着,第一次不停地喊着一个无比温暖的称谓——"妈妈! 妈妈! "

母亲流泪了,紧抱着她不停地回应着,父亲也在一旁露出了欣慰的笑容。此后,妹妹开始叫母亲为"妈妈",每一次出口都是那么的温暖,弥散着爱意的余香。而母亲却也希望她能喊出一声"爸爸",哪怕是随意地喊上一句,父亲都会极度的快乐,因为母亲知道,父亲也在等待着这一声由衷的呼唤。

于是,母亲总是喜欢让她去接触父亲。比如吃饭的时候,母亲总是对她说:"去叫爸爸出来吃饭。"她听到后便怯生生地去父亲的书房,站在门口很久很久,就是难于出口,于是便故意弄出各种各样的响声,直到父亲注意到她的时候,她才说一句:"吃饭了!"然后就扭头跑了。后来父亲知道了母亲的意思,于是叫吃饭的时候无论她弄出什么响声,他都不回头,总使妹妹等上很久。妹妹只好走过去,扯着父亲的衣服满脸难过地说道:"吃饭了! "父亲只好强装微笑起身抱起她,出去吃饭。

之后,母亲静下来问妹妹:"为什么不叫爸爸呢? "妹妹只是低头拉着衣角,扯着扯着,就哭了。暗地里,父亲有些不忍心,于是便对母亲说:"其实我知道她为什么喊不出来,因为她自小就没有父亲,从来都没有喊过一声爸爸,这样一个熟悉的名词在她的口里是陌生而无定义的。或许以后时间久了,我们对她爱得深了,她就能喊出来。"

后来父亲开始供她上学,每天都亲自去接送她。有一天放学时,父亲早早在校门口等着,而妹妹和老师从学校里列队出校门。老师不了解情况,于是就问妹妹:"你的家长呢?"妹妹指向父亲的身影。老师认识我的父亲，于是就生气地对妹妹说："你小小年纪就学会骗人了，这样是不对的！我问你，张先生什么时候有你这个女儿了？"

妹妹一听就委屈地哭了，说："那就是我爸爸！"

老师于是笑着说："那你喊他，把他叫过来！"

妹妹却始终没有喊出口，只是哭。父亲闻声，便走了过来，抱起她对老师说："小徐，这是我的女儿。请你多多关心呀！"那位徐老师尴尬不已，羞愧地走开了。

后来，这个事情似乎慢慢传了开来，很多人都知道了这个事情，最后，连计生部门也知道了。于是有一天，他们终于按响了我家的门铃，了解我们的情况，最后才委婉地说："你们这是一种违规领养的做法，要交纳一笔罚款和相关的费用。"

父亲一听数目便愕然了，那可是一笔很大的罚款和费用呀。而恰巧当时我们家的经济因为生意亏损，正处在非常紧张的时候。于是，父亲和母亲辗转无眠，思考了好几个晚上，终于还是决定送妹妹回老家，因为算下来，那些罚金都可以供妹妹一直上完中学了。

那是一个刮风的阴天，父亲送母亲和妹妹上车。大家都十分伤感，父亲和母亲的眼圈都红了，而妹妹的眼泪就一直在掉，在她幼小的心灵中有太多命运的曲折了。父亲抱着她上车，轻轻地放在座位上，然后才下车去。妹妹从窗口上用依依不舍的眼神凝望着父亲，那是怎样一种深情而脆弱的眼神哪！仿佛是一种从此就要失去一个生命般的不舍。

汽车发动了，开始慢慢移动，就在这时，妹妹忽然哭喊了一句："爸爸……"

父亲因悲痛而黯淡的眼神忽然一亮，仿佛一个失聪多年的人忽然听到天籁般的声音，这一声他已经企盼很久很久了，呆立着泪如泉涌。片刻之后，他疯狂地追了上去，呼喊着，使汽车终于停了下来，然后直接上去，二话不说就抱着妹妹下车回家，只留下一车人的笑声。

后来，父亲借钱把罚款交了，留下了妹妹。当我从外地回来的时候，问父亲："您当时为什么忽然又想到要留下她呢？"父亲微笑着说：

"因为她最后叫了我一声'爸爸'！而作为一个合格的父亲，是绝对不能让家庭破碎的呀！"

喊出那一声"爸爸"

赏析／杨 丹

妹妹是个幸运的孩子，因为母亲的善良，不忍心看到妹妹在那个贫穷落后的乡村受苦，于是，妹妹成了"我"家里的一员。妹妹虽然年纪小，但她感受到了父母对她的疼爱，心里充满着感激之情。故事中的父亲在终于听到妹妹叫他一声爸爸后，作为父亲应有的责任感，让他扛下了因为收养妹妹带来的生活重担。

因为有对孩子的无私的爱，父母可以背负大山一样的重担，赶快跑到父母面前吧，说出你对他们的爱。

堂妹在自以为是大人了的岁月里也的确慢慢成长起来了。

堂　　妹

●文/陈星羽

　　独自在候车亭等公交车，眼睛忽然被蒙住了，让你"猜猜我是谁?"哦，原来是堂妹星竹!星竹快活地松开手，又激动地抱住我的腰："好久不见啦，姐!"我和星竹紧紧拥抱。我们正要好好地聊会儿，公交车来了，我和堂妹只好挥手互别。

　　坐在车上，透过车窗望着堂妹渐渐模糊的身影，忽然想起了很多。

　　堂妹小我四岁，一直由奶奶带着，也算是我看着长大的吧!

　　堂妹刚刚学会走路时，走得歪歪扭扭，一下台阶准摔跤。那次，堂妹一摇一摆地向台阶走去，我急忙赶上前。往回抱时，我却不小心摔了一跤，把妹妹压在了地上，奶奶跑过来抱起哇哇大哭的妹妹虎着脸训了我一顿，当时心里多委屈啊，我是怕她摔跤才抱的啊!虽然好心办了坏事，奶奶也不该因此训一个五岁的孩子。因着妹妹摔跤而训我的事，我好几天也没理奶奶。

　　堂妹当然没有与我记气，和我这个姐姐关系一直很好。那时，我就要去上小学了，不在奶奶家住了，但是经常去玩。每次到奶奶家，堂妹便会很高兴。我们爬在木地板上玩，用麻将垒高楼大厦，玩着我们一窍不通的象棋，看着阳台顶上拐角的马蜂窝里有没有马蜂飞出来，然后我指着墙上的挂画教堂妹拼音字母。

　　我也经常领着妹妹做些"坏事"，具体什么事我早已忘记，但每次

感动系列

得逞后,我们躲在门背后偷着乐的情景却永远忘不了。那时,我总会冲她一笑,她赶忙肩头一耸,眯着眼睛乐一番。那时,堂妹两岁多,两岁多的堂妹每次见我要回家时,总是大哭不止,爷爷每每把她抱起来,大姑站在门口对我说:"赶快回家吧,路上小心点。"我走下楼去,还听到妹妹在楼上哭。

小学的寒暑假里我每天写完作业就飞快奔下楼,我知道,爷爷就领着妹妹在楼下等我呢。暑假里我们玩过家家,寒假里我们放花炮。在游戏中,妹妹渐渐长大,也上了小学。

还记得堂妹刚上一年级时,小姑说她是小豆豆,她不高兴地说:"我都上一年级了,都是大人了,干吗还说我小啊!"堂妹在自以为是大人了的岁月里也的确慢慢成长起来了。

堂妹上到了初一,学习还不错,因为她很勤奋。她对我说:"姐,你每天几点睡啊?我们作业很多,我十二点半才睡。"我惊奇地发现,堂妹的语气里竟没有丝毫的抱怨。我说我每晚十一点半左右就睡了。她只是平静地说:"姐,你睡得真早。"哦,是啊,一个初一的孩子就睡得那么晚,而我已是一个高二的学生了还真是自愧不如啊!我初一时哪有这么懂事,如果要我十二点半才睡,我一定会抱怨连连……

今年暑假时,见到堂妹,堂妹长高了,也长胖了。大姑说她都不好意思来奶奶家了,其实堂妹的身高和体重该是很合适的,一米六多点的个头,九十多斤嘛,也差不多啦。不过,现在女孩子们都减肥,堂妹很无奈。

堂妹的作业实在是多,我上次去奶奶家时,她本说写完作业跟我玩的,等她写完了,我也该回家了。堂妹不送我,跪在椅子上扶着把手望着我,眼神有些不舍,有些无奈。我也无奈。

长大了,我们都长大了,长大后相聚的时刻总是很短,别离的日子总是很长,但我们永远是一家人,相亲相爱的一家人。

妹,你说对吗?

珍惜相聚的日子

赏析／杨　丹

当堂妹只是呆呆地望着"我"回家的背影时，她知道自己不能像小时候一样流眼泪了，其实姐妹俩心里都非常的难分难舍。长大了真不好，不能像小时候一样，和堂妹开心地爬在木地板上用麻将垒高楼大厦，玩着我们一窍不通的象棋，更不能经常领着妹妹做些"坏事"，躲在门背后偷着乐。

长大后虽然相聚的时刻总是很短，别离的日子总是很长，但彼此心里的感情却会越积越深，那种相亲相爱的感情是永远不会改变的。

当夜,琳儿彻夜未眠,坐在窗前仰望天上一弯弦月,痴痴地,任凭那惨白的月光洒满身上。而父亲只是叹息着,眼里布满血丝。

琳儿妹妹

●文/木 南

琳儿是个秀丽、聪慧过人的女孩,儿时就背诵李白、杜甫的名篇。我做作业时,琳儿就坐在对面,托着腮目不转睛地看我写字。

琳儿八岁了,看到小伙伴一个个都背上了花花绿绿的书包,她就晃着父亲的手,撅起小嘴说:"爸爸,我要念书!"父亲和母亲苦笑着对视了一下就沉默了。父亲皱起眉头,蹲在地上大口大口地吸着旱烟,也许是呛了一下,他剧烈地咳嗽起来。对于体弱多病的父亲来说,他又能做什么呢?

每天一大早,父亲推上他那辆除了铃不响哪都响的三轮车,去收一些废铜烂铁、废旧书报什么的,然后拿到收购站去换那少得可怜的钱以补贴家用,苦苦支撑起这个五口之家。我渐渐到了上学的年龄,邻家同龄的伙伴都去了学校,而我只能倚着门框,望着他们披着朝露蹦蹦跳跳地去上学,又在斜阳下欢笑打闹着回来。父亲咬了咬牙,毅然决定送我去念书,我立即欢呼雀跃了,可年幼无知的我,又怎知这喜悦背后,父母付出了多少艰辛呢!

学校知道了我家的情况,决定给我减免部分学费,可倔强的父亲说什么也不同意。母亲和一家洗衣店联系,洗一桶衣物一元五角钱,母亲没日没夜地洗个不停,手泡得发白,又不知掉了多少层皮,可母亲仍忍着痛洗着……

如今,琳儿又要上学了。父亲埋头蹲在那里,半天不说一句话。第二天一早，从不喝酒的父亲喝了半斤高粱酒，摇摇晃晃地出了门，直到下午才脸色苍白地回来。他颤颤地从衣衫内的口袋里，摸出一把汗水浸润的票子，拍了拍琳儿的头说："琳儿，明天和你哥一块念书去！"那天夜里我在父亲衣袋里发现了一张献血单。我哽咽了，用被子蒙住头努力不让自己发出声音。琳儿似乎察觉了什么，一夜辗转反侧不能安然入睡。

琳儿很懂事，学习特别用功。尽管回家还要做饭，收拾家务，但每学期她都能和我一样捧回一张鲜红的奖状，竞赛过后的光荣榜上也时常会有她的名字。这些都令父母由衷地感到欣慰，也算是抚平他们那饱经沧桑的心灵了吧！

琳儿很乖，很听话，也曾不止一次地对我说："我要上高中、大学，还要出国留学，学好多好多的知识，让爸妈过好日子！"

我说："琳儿有出息，一定会的，琳儿能行！"

琳儿念初三时，我考上了西安的一所重点大学。家里再也无法承受这样的沉重负担，琳儿被迫退学了。我出发那天，琳儿送我到站台，眼里噙着泪，幽幽地望着我："哥，你放心去吧，不要挂念家里，有我呢！"车缓缓驶出了站台，留下琳儿一个人站在风中，痴望着列车驶去，久久地，直到它消失在视野的尽头。

过度的操劳使父亲过早地衰老，而且越来越虚弱，母亲的双手也因过度摩擦和碱水腐蚀而满是溃疡的小点，不能再洗衣了，生活重担大部分压在了琳儿稚嫩的肩上。琳儿经人介绍，到八里外的一处私人采石场帮工。琳儿每天天不亮就起床，做好早饭，带上一个瓷盆盛些稀饭，再掺进些咸菜、大葱什么的，当作中午的饭菜。采石场环境恶劣，到处飞扬着石屑、尘土，半天下来，一个人就成了中古时代的石膏像了。除了每天抢着大锤敲石块，有时还要将石料挑下山。一双原本柔嫩光滑的手，如今长满了厚厚的老茧。

你如何能相信这是一双属于十六岁少女的手？琳儿腿上有道伤疤，那是一次挑石料时被石料绊了一下，膝盖重重地磕在石头上，而另一条腿却被一块尖利的石片划开了长长一条口子，鲜红的血汹涌而出，周围的人用毛巾缠了几道才勉强止了血。倔强的琳儿没等伤愈，又回到了采石场。

再次准时收到琳儿寄来的生活费，我这堂堂七尺男儿不禁汗颜了。这是琳儿的血汗哪！琳儿来信说："哥哥，你安心读书吧，不用惦记家里，有我呢！我是不能实现儿时的梦想了。哥哥，你在大学一定要努力呀，争取考研究生，家里支持你！"

我正准备着大三年考时，母亲一病不起，犹如一支燃烧殆尽的蜡烛。弥留之际，母亲用她满是疤痕的手，紧紧握住琳儿满是茧子的手，琳儿俯身坐在母亲身边，将母亲一缕灰白的乱发拨在耳后，母亲干涩灰白的嘴唇颤抖着，却说不出一句话来。但我仍从母亲那双满是期盼的眼神中，明白了什么。

由于给母亲治病，原本贫困的家里又背上了沉重的债务。父亲身体越来越虚弱，再也无力支持我继续学习了，我只能做退学的最坏打算。就在我背上行囊，即将挥泪告别可爱的校园时，一个矮墩墩的，满脸胡须三旬开外的男人闯进了我的家，甩出厚厚一沓票子，显而易见，他是来求亲的。琳儿呆呆地盯着桌上的票子愣了半天，才用极细微的声音说："让我想想吧！"

当夜，琳儿彻夜未眠，坐在窗前仰望天上一弯弦月，痴痴地，任凭那惨白的月光洒满身上。而父亲只是叹息着，眼里布满血丝。

不久我便收到了琳儿寄来的足够我念完全部课程的钱和一封厚厚的信，信中尽量委婉地讲了事情的经过，说了一大堆极尽安慰的话。尽管说得非常轻松，但我仍能感受到字里行间流露的哀怨与无奈，再也看不下去了，泪水止不住奔流而出。

呼呼的冷风夹着雪屑，荡涤着这个冬季的午后，我从遥远的西安回到家门前，我甩了包冲进家里，一把抓住父亲干枯的手问道："琳儿呢？"

父亲略显红肿的眼转向我，没有父子久别重逢的喜悦，却多了一丝暴风雨后的平静，他指了指门外："走了，刚走！"

门前满是爆竹黑红的皮和红绿的彩屑，被风吹着在南边的角落堆积，门外灰白的路无声地伸向远方。风中隐隐传来唢呐声和锣鼓的噪音，我看到琳儿正转过插着花饰的头，遥望着我，唇边带着凄婉的微笑，好像在说："哥哥，我走了，我是不得已的呀，可我别无选择。哥哥，我现在不是很好吗？再见了，亲爱的哥哥……"

"琳儿……"我发现我早已泪流满面。妹妹走了，去了她不想去的地方，为她的哥哥嫁给不想嫁的人。

门外，风萧萧，雪也萧萧，天地茫茫苍苍。"我要去找琳儿！"我大喊一声，推开大门，狂奔而去……

长满了厚厚老茧的手

赏析／杨　丹

琳儿本该有一双柔嫩光滑的手，如今却长满了厚厚的老茧。为了能让"我"上大学，她放弃了读书，成了采石场的一名帮工。琳儿眼里噙着的泪水，是为自己不得不放弃读书的委屈，更是对哥哥能考上大学的祝福。当琳儿再一次为了哥哥能够完成学业，选择嫁给那个陌生的男人，琳儿彻夜未眠，坐在窗前仰望一弯弦月时，眼睛好像在诉说，艰难的生活带给她挑起重担的责任感。

在困难面前，需要有人勇敢地站出来，去承担解决问题的责任，想想看，那个人会是你吗？

那晚，妹妹没有一句台词，却抢了整场戏。

危险妹妹

● 文/[美]安·古德里斯 译/王 悦

为了募捐，主日学校准备排练一部叫《圣诞前夜》的短话剧。告示一贴出，妹妹便热情万丈地去报名当演员。定完角色那天，妹妹一脸冰霜地回到家。

"你被选上了吗？"我们小心翼翼地问她。

"选上了。"她丢给我们三个字。

"那你为什么不开心？"哥哥壮着胆子问。

"因为我的角色！"

"你的角色是女儿？"

"不对！"

"是母亲？"

"不是！"

《圣诞前夜》只有四个人物：父亲、母亲、女儿和儿子。我担心地问："不会是让你演儿子吧？"

"不是，他们让我演狗！"说完，妹妹转身奔上楼，剩下我们面面相觑。妹妹有幸出演"人类最忠实的朋友"，全家不知是该恭喜她，还是安慰她。饭后，爸爸和妹妹谈了很久，但他们不肯透露谈话的内容。

总之，妹妹没有退出。她积极参加每次排练，我们都很纳闷：一只狗有什么可排练的？但妹妹却练得很投入，还买了一副护膝。据说这样她在舞台上爬时，膝盖就不会疼了。妹妹还告诉我们，她的动物角色名叫"危险"。我注意到，每次排练归来，妹妹眼里都闪着兴奋的光芒。然而，直到看了演出，我才真正了解那光芒的含义。

演出那天，我翻开节目单，找到妹妹的名字：珍妮——危险(狗)。偷偷环视四周，整个礼堂都坐满了，其中有很多熟人和朋友，我赶紧往座椅里缩了缩。有一个演狗的妹妹，毕竟不是件很有面子的事。幸好，灯光转暗，话剧开始了。

先出场的是男主角"父亲"，他在正中的摇椅上坐下。接着是"母亲"上场，她面对观众坐下。然后是"女儿"和"儿子"，他们分别跪坐在父亲两侧的地板上。一家人正在聊天，妹妹穿着一套黄色的，毛茸茸的狗道具，手脚并用地爬进场。

但我发觉这不是简单地爬，"危险"蹦蹦跳跳，摇头摆尾地跑进客厅，她先在小地毯上伸个懒腰，然后才在壁炉前安顿下来，开始呼呼大睡，一连串动作，惟妙惟肖。很多观众也注意到了，四周传来轻轻的笑声。

接下来，剧中的父亲开始给全家讲圣经故事。他刚说到"圣诞前夜，万籁俱寂，就连老鼠……""危险"突然从睡梦中惊醒，机警地四下张望，仿佛在说："老鼠？哪里有老鼠？"神情和家里的小狗一模一样。我用手掩着嘴，强忍住笑。

男主角继续讲："突然，一声轻响从屋顶传来……"昏昏欲睡的"危险"又一次被惊醒，好像察觉到异样，仰视屋顶，喉咙里发出呜呜的低吼。太逼真了，妹妹一定费尽了心思。很明显，这时候的观众已不再注意主角们的对白，几百只眼睛全盯着妹妹。

因为"危险"的位置靠后，演员都是面向观众坐着，观众可以看见妹妹，其他演员却无法看到她的一举一动。他们的对话还在继续，妹妹幽默精湛的表演一直没有间断，台下的笑声更是此起彼伏。

那晚，妹妹没有一句台词，却抢了整场戏。后来，妹妹说让她改变态度的是爸爸的一句话："如果你用演主角的态度去演一只狗，狗也会成为主角。"

四十年后，我仍然记忆犹新。命运赐予我们不同的角色，与其怨天尤人,不如全力以赴。再小的角色也有可能变成主角,哪怕你连一句台词也没有。

做你生活中的主角

赏析／杨 丹

　　学校要排演一出小话剧,你满心欢喜地报名参加,结果却是让你扮演一只小狗,你会答应吗? 故事中的妹妹虽然有些失望,但她没有退出。于是我们看到妹妹每次都积极地参加排练,而且每次都练得非常投入。

　　演出那天,虽然不是主角,但妹妹通过自己幽默精湛的表演,赢得了台下的一片笑声。妹妹的演出是成功的,因为爸爸的话改变了妹妹的想法。是的,我们在生活中不可能总是被身边的人关注,不要失落,用心做好你自己就行。

虽然我没有天真烂漫、五彩斑斓的童年，可我得到了人间的至爱，得到了圣洁的亲情。

圣洁的亲情

●文/张玉杰

在两个月大时，我就被诊断为先天性心脏病。曾有医生预言我活不过十八岁！

本应天真烂漫的童年，却被父亲紧锁的双眉和母亲失望的泪眼充斥；被一片阴冷刺眼的白色笼罩：白色的医生工作服，白色的点滴，白色的被子，白色的床单，还有病房里白色的墙壁。

父母为我耗尽了心力，极其艰难地与纠缠我的病魔搏斗。他们心里十分清楚：这是一场必败无疑的抗争，但为了我，他们不遗余力。终于，体弱多病的妈妈在我三岁那年一病不起，走在了我的前面！

"上帝"是公平的，一位不凡的女性接纳了我们这对多灾多难的父女，她就是我现在的继母。她使我们这个破碎的家庭重新沐浴在爱的光辉里。

两年后，继母生了一个小妹妹，她活泼可爱，乖巧伶俐，三岁就会唱很多好听的歌，大人们都说这个人见人爱的妹妹是上天赐给父母的快乐天使。是啊，她像一朵吉祥的云，飘在我们的头顶，给父亲苦难的生命带来了无限欢欣。

然而，这种幸福不属于我，我只是这个逐渐幸福起来的家庭的旁观者，不，更准确地说，是这个家庭的隐忧。父母时刻担心我再次昏倒之后还能不能醒来。而我，眼看着妹妹美好健康的生命像我眼中的花儿样迎风招展，心中便充满了无限的忧伤与痛苦。人们对妹妹的每一次称赞都折磨着我的神经。我越来越嫉妒她，恨她，恨这个世界：她为什么如此健康美丽？她为什么如此幸福？幸福的为什么不是我？这个世界为何只留给我疾病？为何只给我不到18岁的生命？为什么在我最需要照顾的时候又夺走了我的亲妈？为什么我还要在这么短暂的生命里承受这么无边无际的病痛折磨？

我满腔怨愤，整天阴沉着脸，要么向每一个家庭成员无端地发火，要么就把自己整天关在房间里不吃不睡不说话。就这样，好端端一个刚刚有点起色的家让我弄得整天阴云密布，父母处处赔着小心，生怕说错话刺激了我。

让我时常感到内疚的是，正是我最嫉妒的人——妹妹对我格外好，不仅从不计较我的坏脾气，而且还一门心思地照顾我。父亲经常出差，继母是个责任心很强的中学教师，工作繁忙，这样，我一发病时常要靠妹妹照顾。妹妹放学匆匆回到家，系上围裙、择菜、做饭、打扫卫生，小小年纪就像模像样地当起了家。

就这么磕磕碰碰的，我走到了十七岁。我知道，自己差不多走到了生命的尽头，因为我的心脏已衰弱到极点，起床不谨慎，生气，或者稍一劳累都会昏倒，日常生活一刻都不能没人照顾。终于，我又一次住进了医院。我想，从此我可能再也不会从那间白房子里走出来了。

而这时，妹妹进入了她生命中最美的年华，她青春、纯净、婀娜多姿，这无时无刻不令我自惭形秽。她还有一副与母亲相比毫不逊色的菩萨心肠:善解人意,任劳任怨,温柔体贴,把我照顾得无微不至。这又让我在嫉恨之余充满感激之情。

天使般的妹妹成了病房里目光追逐的焦点。每到下午五点放学的时候,总有人比我更关心她今天来不来。一天,在妹妹本该到来的时间,医院开进了一辆救护车,车上躺着昏迷不醒的人正是妹妹!

妹妹怕我在医院等得烦心而急着赶路,路过十字路口时,绿灯刚亮她就往前冲,可就在这时,一辆想抢在绿灯的最后一秒驶过路口的汽车猛地把她撞出了十米以外……

在医院的抢救室里,妹妹奇迹般地醒来。医生急忙叫我们:"快,她要见你们! "

妹妹拉住我的手,两眼含泪。"姐,"她费尽平生气力,断断续续地说,"我怕是……不行了……如果我死了……我……愿意……把我的心脏给……我姐……"她望了一眼母亲,闭上眼睛,昏了过去。

医生神色黯然地告诉母亲:"希望很渺茫,脑部大面积损伤,根据我们专家组的结论,抢救过来的希望已经不大。但她的心脏完好无损,根据病人遗愿,如果你们家长同意,做一次心脏移植手术是可行的。这至少可以保住一个人,因为你大女儿,心脏衰竭得已达极限了……"

那一刻,我惊愕了,觉得自己真是一个罪不可赦的人:我使亲生母亲为我劳累而死,又让一个年轻美好的生命危在旦夕,还使一个刚刚幸福的家庭整天阴云密布。也许我根本就不该活着。我一下跪在母亲和医生的脚下:"让我死吧,我欠你们的太多太多。我可以把我所有的器官都给妹妹,只要她能活下来……"说着说着,我便昏了过去。

当我醒来的时候,已是三天过去了,父亲和母亲正守在我身旁。医生已经尽了最大努力,可我青春美丽的妹妹还是离我们而去了。她把最后的爱给了我。我紧紧攥着母亲的手,喊着妹妹的名字,泣不成声。母亲抚摸着我的头说:"你小妹没走,我在你的眼睛里看到了她。"

虽然我没有天真烂漫、五彩斑斓的童年, 可我得到了人间的至爱,得到了圣洁的亲情。我的心脏里跳动着的,是情,是爱,是温暖,是幸福,是人间最烂漫多彩的真与美!

跳动的是她的真与美

赏析／杨　丹

　　每当母亲慈爱地看着"我"的眼睛时，那里都会出现天使一样的妹妹的纯真与美丽。生活对"我"来说是不公平的，两个月大时就被诊断为先天性心脏病，并被预言活不过十八岁。生活对"我"来说又是幸运的，它带来了那么圣洁与纯真的妹妹，并挽救了"我"的生命。妹妹用她的善解人意和温柔体贴化解了"我"的嫉恨之心，并用善良和无私延续了"我"的生命。

　　生活对我们每个人是公平的，在你遇到了灾难的时候，是不是心里也能想着那些爱你的人，他们永远都在默默支持你。

自强不息的少女，用无言的努力，撑起了自己理想的天空，撑起了自己梦想的屋宇。

我的心在跳舞

● 文/黄艾艾

寂静的舞台上，一束小小的追光，把人们带进了遥远的西双版纳那绿色的大森林里……

在清清的山涧边，一只美丽的蓝孔雀，周围涂染着七彩的霞光，正在仔细地啄理着华美的羽翼。

她听不见这个世界的任何声音。她就像洛尔迦诗歌里的哑孩子，只能从一滴小小的露水里，想像着自己的声音，寻找着自己的声音。

林晓雨和盛可欣已经来到舞蹈学院的排练厅里。他们没有招呼林晓雪，而是站着看她们的排练。

"那个扮演蓝孔雀的女生，就是我妹妹林晓雪。"晓雨说，"很可爱是不是？"

"是呀！"可欣说，"好羡慕哦，跳得那么好！"

"可是，你肯定没想到吧，我妹妹是个聋哑人！"晓雨说到这里，不禁黯然神伤，不过他随即就自豪地告诉可欣，"她的理想是成为像杨丽萍那样的舞蹈家。我相信她能成功的，因为她太用功了！"

"晓雨，你说的是真的吗？对不起，我可不可以问一下，你妹妹她……"可欣有点儿吃惊，试探着问道，"她是怎么变成这个样子的？"

"链霉素中毒造成的。"晓雨伤感地说，"在她读三年级的时候，家里生活不宽裕，我们老家没有好的治疗条件，而且根本就没想到结果会这么严重……"

"好可惜哦！"可欣说，"我好为你妹妹难过！"

"谁说不是呢！这是我们全家人心里永远的痛！你不晓得，我妹妹的命有多苦！"说到这里，晓雨忽然停住了，沉默片刻接着说，"好在我妹妹很坚强，她先是读完了聋哑学校，学会了手语，去年又考取了艺校的舞蹈系。本来，一个聋哑人是不可能被这样的大学录取的，只因为我妹妹舞蹈跳得太好了，而且她的基础成绩也很好。对了，她曾随省和国家的残疾人艺术团，去过不少国家演出呢！"

"真的？那你妹妹真的很优秀哎！"可欣没有想到，这样的一个聋哑女孩会有这么出色的经历，"真的好羡慕她呀！"

"是呀，这可能就是命运的安排吧。"晓雨说，"命运有时是残酷无情的，它一瞬间就夺走了一个小女孩全部的听觉和声音，把一个无辜的人推进了一个永远沉寂无声的世界里，让她听不见亲人和朋友的呼唤，听不见美丽的音乐和小鸟的歌声，甚至无法用声音表达自己的想法和感受……可是命运又是奇怪和公正的。它夺走了妹妹的听觉，却又在她心灵里注入了更多的梦想和灵气——不，除了梦想和灵气，还有更坚强的毅力，更多的自尊、自强和自信！"

是啊，从什么时候开始，这个美丽的小女孩子，悄悄地爱上了舞蹈？

是第一次看杨丽萍跳《雀之灵》的那一天，还是小学时参加学校演出小组的那一刻？

没有神奇的红舞鞋，没有艳丽的玫瑰花，也听不见迷人的音乐声。

啊，声音！声音是什么样子的呢！她多次侧着头想像过：是像小天鹅秀美的长颈，还是像蒲公英飞翔时那小小的花球？她无从知晓。声音在她的记忆中已变得模糊了。但她觉得，自己的心里时时有声音、有音乐的旋律在回荡。

她的脚上，仿佛已经穿上那双神奇的、只有童话里才有的红舞鞋。她跳啊，跳啊……心灵里的感觉渐渐变得像发丝一样细致，像小小的含羞草叶一样灵敏。只要跳起舞来，她就是节拍，就是停顿，就是完整的旋律。

为此，她不知流过多少汗水，付出多少艰辛。她记得，由于小时候没正式练过功，功底不够，进入舞蹈班后，她就得比别的孩子付出更大的代价。她的双膝时常练得又红又肿，可她总是悄悄地遮掩着，暗暗地忍受着，从不呻吟，从未放弃。

她内心的音乐，只有自己能听见。"有时人的感觉真奇怪！我感觉自己就像一只渴望凌空舞蹈的小孔雀，它不会发声，却充满梦幻的灵气，它的生命里有自己的曲调……"练功休息时，她常会这样给哥哥写信。她不能打电话，那时有手机可以发短信。

岁月在少女的指尖上默默地歌唱。绚丽的希望和梦想，留在了空中的轨迹上。美丽而坚强的少女，她执著和顽强的追求，果然没有落空。她流下了汗水，必将收获欢乐。这个世界曾给了她太多的委屈和艰辛，这个世界又献给她更多的鲜花和掌声。希望，从不欺骗执著的追求者。

自强不息的少女，用无言的努力，撑起了自己理想的天空，撑起了自己梦想的屋宇。

她还记得，有一年，她很幸运地被选入了"中残联"艺术团，作为小演员，跟随艺术家们访问奥地利、荷兰、瑞典和挪威等欧洲国家。

在"音乐之都"维也纳的阿克森剧院里，联合国社会发展委员会负责人索尔卡斯先生看过演出后，紧紧地搂着她说："亲爱的孩子，谢谢你，我完全相信，在我们这个星球上，没有残疾的人，而只有残疾的环境……"

在翻译用手语告诉了她这几句话的那一刻，她的脸上挂满了幸福的泪花。她在心里默默地说："生活啊，世界啊，我要对你说：我爱你！爱你！爱你！"

汗水换来的掌声

赏析／杨　丹

　　在舞台上，妹妹林晓雪是一只翩翩起舞的蓝孔雀，可谁又会想到，残酷的命运夺走了她的听觉和声音。就是这个聋哑的女孩，凭借着坚强的意志和执着的追求，读完了聋哑学校，学会了手语，考取了艺校的舞蹈系。她成为了家里人的骄傲，曾多次随省和国家的残疾人艺术团，去过不少国家演出。林晓雪用艰苦的汗水和委屈的泪水，换来了更多的鲜花和掌声。

　　你是不是常常为练习钢琴留下的汗水感到委屈，是不是为早起背英文单词而烦恼，一分耕耘一分收获，相信自己会有所收获的。